LE

MONDE GALANT

PAR

ÉDOUARD CADOL

PARIS

AUX BUREAUX DE L'ADMINISTRATION DU JOURNAL LE FIGARO

3, RUE ROSINI, 3

1872

LE

MONDE GALANT

I

Ce matin-là, il ne pleuvait pas, quoique ce fût dimanche. Les derniers froids de l'hiver s'atténuaient déjà, et les arbres du boulevard annonçaient tout au moins, l'intention louable de pousser quelques feuilles.

Il était sept heures du matin.

Dans la cour d'une maison de la rue de l'Arcade, un palefrenier, les manches relevées jusqu'au coude, cirait ses harnais, en sifflant un air de chasse.

Bientôt un garçon d'environ vingt-cinq ans, solide et bien équilibré, rasé de frais, entra sous la porte cochère, après s'être assuré du numéro de la maison.

Il était vêtu d'une jaquette dont la coupe ne semblait pas répondre à sa condition sociale. Cette jaquette, visiblement, avait été taillée par un maître dans l'art, qui devait avoir, au bas mot, quarante mille francs de loyer. Le pantalon sentait sa « Belle-Jardinière » d'une lieue, et le petit chapeau, dit « melon », dont il était coiffé, un peu trop en arrière, comme s'il eût eu trop chaud, donnait à penser que la jaquette n'en était pas à son premier propriétaire. Mais, en apercevant le gilet, qui descendait très bas et dont les couleurs étaient disposées en carrés à la façon des étoffes écossaises, l'ensemble se comprenait. Ce garçon devait être cocher de maître de son état.

En effet, il l'était, et fier comme Artaban! Quand ce cadet-là trônait sur le siége d'un coupé, le jarret tendu, arc-bouté, dans ses bottes à revers, le col emprisonné dans un carcan de calicot extra-empesé, le roi n'était pas son cousin!

C'est qu'aussi peu de ses confrères savaient dormir comme lui trois heures, par tous les temps, sans pencher de côté ou d'autre, sans que les reins fléchissent le moindrement. Et puis, pour boire un coup... il n'avait pas son pareil.

Par exemple, il ne fallait pas le chicaner sur ses fournitures. Il n'admettait pas qu'on rabattît rien de ses notes, et jamais, au grand jamais, il ne fût entré en service dans une maison où l'on traitât directement avec le marchand de fourrages. Il avait sa dignité, ce garçon!

C'est qu'aussi ce n'était pas le premier venu. Il avait une famille : son père était entrepreneur de déménagements : « *Célérité et confortable* » Telle était son enseigne, ou plutôt sa devise, et il répondait de la casse; seulement, quand on l'employait, il n'était pas superflu de compter les bouteilles pleines. A cela près, on ne pouvait plus guère lui reprocher que d'empester l'ail à faire évanouir un Marseillais. Il était d'ailleurs Auvergnat.

Par bonheur, le fils ne sentait pas si fort, ce qui lui avait permis de débuter dans la carrière par un membre du *Mirliton's-Club*, qui, étant « pourri de chic » — comme on dit dans le monde des jeunes gens — s'astreignait à faire le tour du lac tous les jours, quelque temps qu'il fît, en dépit de l'ennui phénoménal qu'il en éprouvait trois heures durant.

De là, notre cocher passa chez un remisier d'agent de change, puis chez un ténor d'opéra-comique; puis encore chez un Brésilien qui mangeait ses nègres à Paris, pour en arriver à mener un membre du Jockey's, qui se faisait de bons revenus à la bouillotte. La filière était faite pour poser un cocher moins expert que celui-ci. Il avait sa notoriété désormais; pas un maquignon qui ne le connût.

Obligé de quitter le membre du Jockey's, il avait trouvé à se placer immédiatement dans cette maison de la rue de l'Arcade, où nous le voyons entrer en fonctions par cette matinée de printemps où il ne pleuvait pas, quoique ce fût dimanche.

Relativement, la place était inférieure à celle qu'il venait de quitter : deux voitures, pas plus, un coupé et une victoria. Mais il y avait trois demi-sang superbes; et pourvu qu'il ne regardât pas au service de nuit, on le laissait maître et seigneur des équipages, pour lesquels une somme mensuelle lui était allouée, sans qu'il eût à rendre de comptes.

— Vous voilà déjà ! lui dit le palefrenier avec étonnement.

— Oui, répondit-il; avez-vous les ordres ?

— Les ordres ! reprit le palefrenier. Ah ! nous avons le temps. On se lève tard, dans la maison, et l'on ne sait jamais, avant onze heures, si l'on sortira. A propos, ajouta-t-il, me gardez-vous ?

— Tout de même, dit le cocher, si vous êtes raisonnable.

— Dame ! fit l'autre, qu'est-ce que vous appelez être raisonnable ?

— Tenez, reprit le fils de l'Auvergnat, allons boire un coup, puisque nous avons le temps. Nous nous entendrons, et vous me mettrez au courant des habitudes de la maison.

Quelques instants après, ils étaient installés chez le marchand de vins, et entamaient la négociation par l'ingurgitation d'un mêlé.

Les intérêts débattus et finalement conciliés, le cocher se fit renseigner.

Il savait déjà qu'on avait à soi le meilleur de la matinée. Sauf de rares exceptions, on ne sortait guère qu'à quatre heures de l'après-midi, pour le tour du bois. Mais le soir, on sortait beaucoup et il fallait assez souvent, rester dehors une partie de la nuit. D'ailleurs, les gratifications étaient fréquentes et rondes.

— Je m'y attendais, dit le cocher; mais, après tout, les équipages *ont de l'œil*, la livrée me va, il y a à gratter...

— Et raide, fit le palefrenier avec un geste éloquent.

L'autre lui serra la main, en signe d'intelligence, semblant promettre un certain partage proportionnel dans les bénéfices. Puis on reprit un *mêlé*, et nos deux gaillards rentrèrent a la maison.

Le cocher, après un coup d'œil à l'écurie, pensa à s'installer dans sa chambre.

— Comment vous appelez-vous ? lui demanda le palefrenier.

— Turpinois.

— Turpinois ! Ce n'est pas un nom de cocher, ça !...

— Pour les maîtres, ajouta celui-ci, c'est : Eugène.

— *Ugène*, fit le palefrenier, c'est gentil, à la bonne heure !

A onze heures, le cocher se présenta à l'antichambre, demandant à prendre les ordres.

— Voyez Fulgence, lui dit la cuisinière.

— Où est-elle ?

— Au salon, qui dispose le café.

Eugène jeta un coup d'œil circulaire et parut satisfait du luxe de l'ameublement des pièces qu'il eut à traverser, pour gagner le salon.

Partout un tapis de haute lisse assourdissait les pas. Aux murs des tentures de cachemire. Peu de tableaux, mais quelques gravures de pacotille, somptueusement encadrées, qui lui parurent charmantes, à lui, amateur de sujets langoureux. Les meubles, encore « dans leur neuf » comme disent les revendeurs et les commissaires-priseurs, avaient dû coûter cher. Bois de choix, soiries magnifiques, c'était de la bonne ébénisterie. Les pendules, les candélabres avaient été choisis par une personne de goût. Mais, détail caractéristique, aucune pendule ne marchait. Dans des coupes de Sèvres et de Chine, on remarquait un amalgame de brimborions inutiles, oubliés, et laissés là par négligence. L'ordre manquait, visiblement dans cet intérieur, où le *coulage* devait être grave. Quant au salon, il était princier ; j'entends princier au point de vue du confortable des petits appartements. Le bois des meubles ne paraissait nulle part ; tout y était satin uni de nuance grisaille, inclinant à la sépia.

Eugène remarqua qu'il n'y avait de table à ouvrage dans aucune des pièces qu'il avait parcourues.

Le voyant entrer, Fulgence, la femme de chambre, une assez belle fille, qui semblait plutôt candide que fine-mouche, lui dit d'attendre, dans le salon même, qu'on sortît de table.

— Ils en sont au dessert, dit-elle, et je leur sers le café.

Après quelques minutes, on entendit un bruit de chaises remuées, dans la salle à manger.

— Les voilà ! dit Fulgence.

En effet, la porte s'ouvrit, et la société défila.

Le premier personnage qui parut était connu d'Eugène : c'était le docteur Grivel, dont son troisième maître, le ténor, avait été le client. Sa tenue soignée et de fantaisie, jurait un peu avec le caractère de sa profession et plus encore avec sa chevelure poivre et sel. Le visage était affable et le regard perçant. Il était d'ailleurs spécialiste, faisait parler de lui dans les journaux, et s'il ne jouissait pas d'une grande autorité dans le monde de la Faculté, il était extrêmement répandu ailleurs, prôné par toutes sortes de gens, et recherché d'autant, qu'avec sa physionomie bonhomme, il avait l'air de traiter la maladie à la bonne franquette, les mains dans les poches, aussi insoucieux de ses honoraires que des prescriptions du Codex.

A vrai dire, il était éclectique, usant de tout sans parti pris : de l'homœopathie, de l'électricité, du magnétisme ; de tout ce qu'on voulait. N'eût été le décorum, il eût tiré les cartes, pourvu qu'on le trouvât charmant, et qu'on parlât de lui.

Vous devez bien penser qu'il était décoré ; il connaissait tant de monde ! il avait soigné tant de dames ! il donnait de si amusantes soirées !

De fait, il était impossible de trouver personne de plus aimable pour laisser mourir les gens. Et les relations avec lui étaient si charmantes, qu'il n'eut jamais qu'une contestation en sa carrière professionnelle. Encore s'en tira-t-il très dignement :

Ayant confondu une péricardite avec des rhumatismes intercostaux, — que voulez-vous ! on peut se tromper ! — il administra au sujet une médication si souveraine qu'elle l'enleva dans les deux heures.

La famille n'était pas contente. Le frère surtout, qui se laissa aller jusqu'à reprocher au docteur d'avoir causé la mort du malheureux.

Mais Grivel, se sentant blessé, menaça d'envoyer ses témoins.

— Ah ! ça ! lui répondit le frère du défunt, vous voulez donc tuer tout le monde !

En pénétrant dans le salon, le docteur n'eut pas le loisir d'apercevoir et de reconnaître Eugène, tant il paraissait ravi de sa conversation avec la jeune femme qui lui donnait le bras.

Celle-ci, brune, bien prise, d'une toilette un peu trop habillée, peut-être, en raison de l'heure matinale, n'était pas d'une beauté parfaite. Seule, sa denture était admirable et éblouissante de fraîcheur : des dents de charbonnière ! Mais, si le col était un peu court, la main un peu épaisse, elle avait un regard joyeux et spirituel qui douait son visage d'un reflet intelligent et sympathique.

Et puis, elle avait de grands airs et une grâce infinie de mouvements et de démarche. Et qu'elle riait bien, en écoutant ce que lui disait le docteur !

Toutefois, en apercevant le cocher, sa physionomie se contracta subitement, et elle passa vite.

Eugène aussi la regardait. Il ne tressaillit pas, se bornant à se dire intérieurement :

— « Tiens... ma sœur !... »

Le lecteur doit savoir exactement, désormais, dans quel monde nous sommes.

Après le docteur Grivel et la sœur d'Eugène venaient M. le comte et madame la comtesse d'Iosk.

Un vrai comte et une véritabte comtesse, parfaitement mariés à la mairie comme à l'église, bénis et sanctifiés, des époux légitimes ; à preuve qu'ils se disaient à mi-voix des choses désagréables.

Si le comte avait vingt-six ans, c'est tout le bout du monde, et la comtesse avait beau faire : se donner des attitudes de chatte, se ruiner en poudre de riz, eau Chantal, lait de Jouvence, et autres mixtures de la pharmacopée perruquière, elle avait si bien quarante ans qu'elle n'osait en rabattre que douze.

Le comte était petit, fluet et blond. La comtesse était grande, énorme et brune.

Le comte parlait précieusement, en pinçant les lèvres, ne répugnant pas aux imparfaits du subjonctif.

La comtesse disait : « — Je m'en rappelle. — Je n'ai pas pu m'empêcher que de rire. — Prends garde de ne pas tomber. — Dans ce moment ici. — Tant qu'à ça. » Il ne lui manquait que « *colidor* », mot qu'elle évitait, ayant des doutes sur la véritable prononciation, et se réduisant à « couloir », surtout depuis son mariage.

Comment ces deux êtres avaient-ils pu se prendre réciproquement à perpétuité ? Pour la comtesse, cela s'explique ; mais pour le comte Anatole-Philippe-Henri d'Iosk, pourvu d'un nom et d'un titre authentiques, fils d'un très honorable capitaine de frégate, allié aux meilleures familles du Languedoc, et riche d'une soixantaine de mille livres de rente ?

C'est que le petit comte d'Iosk, orphelin, un peu bêta, avide de notoriété, avait été élevé au séminaire, puis par un tuteur d'une rigidité extra-rigoureuse.

Prenant son vol à sa majorité, rêvant Paris et les merveilles de la vie dite élégante, mais timide et gauche, par ignorance de la puissance de ses écus, il devait tomber dans le panneau de la première femme qui paraîtrait, d'elle-même, prendre intérêt à ses peines de cœur. Craintif et vaniteux, appréhendant la raillerie plus que les coups, il devait s'enthousiasmer au premier pas qu'une femme ferait vers lui.

La comtesse fut cette femme-là. Fine et expérimentée, elle le prit par la poésie, se donnant pour une amie, sans plus! contant ses malheurs, affectant de le protéger, comme une sœur aînée, dans le dédale de l'existence, et d'une façon si désintéressée!

De fait, quoiqu'elle eût plus d'un embarras *« pécunier »* comme elle disait encore, elle ne voulut jamais accepter le secours d'Anatole, lui apprenant la vie par mille côtés qu'il ne soupçonnait pas; le conseillant, achevant son éducation gratis, par affection, par amour. Eh! oui, par amour! car il faut bien savoir que, jusqu'à lui, elle n'avait jamais aimé. Elle le lui avait avoué: il en était sûr! Ah! la pauvre dame!...

Il en vint à ne pouvoir se passer d'elle, qui lui avait organisé sa maison, le guidant jusque dans l'achat de ses chevaux, le présentant dans la haute société du monde viveur, amenant à ses soirées des amis qu'il n'avait jamais vus; en un mot, le *lançant*.

Ce fut lui qui proposa de *régulariser la situation;* le mariage, tout bonnement! Et non par reconnaissance; je vous étonnerai : par gloriole!

C'est que la dame était une célébrité; une personne connue de tout Paris, de tous les mondes. Des Anglais avaient passé le détroit pour la voir.... jadis, il est vrai! Mais, qu'importe! Elle avait eu la ville et la cour à ses pieds; on lui avait fait des vers; des articles dans les journaux; sa personnalité avait été représentée, dans les revues de l'année, sur les scènes de Vaudevilles. Demandez à votre père s'il se souvient de « la belle Euphémie! »

Ah! « la belle Euphémie! » Ç'avait été, à un moment, ce qu'on appelle : « la plus jolie femme de Paris! » sorte de royauté, longtemps réduite à trôner au comptoir des estaminets, que la bonne Ville décernait, peut-être pour se consoler de n'avoir pas le droit de nommer ses conseillers municipaux.

Mais il ne faut pas croire que, le mariage fait, Anatole tint sa femme en charte privée ou dissimulât sa qualité. Point du tout! Il était fier d'elle, disant à tout venant :

— C'est Euphémie!... Euphémie! vous savez bien! la belle Euphémie, l'ancienne plus jolie femme de Paris!...

Il la mena dans sa province et réussit à l'imposer à quelques personnes naïves qui répondaient à ceux qui s'en montraient sinon choqués, du moins surpris :

— Le pavillon couvre la marchandise.

— Ça, c'est le plus dur, répondaient les loustics. Pauvre garçon!...

Toutefois, le comte et la comtesse n'avaient pas l'ambition de sortir de la sphère qui leur était propre. Par goût pour lui, par habitude pour elle, ils ne fréquentaient que le monde de la haute galanterie parisienne. Le mariage n'avait rien changé. Il leur fallait Mabille, le baccarat, les soupers du Café Anglais. C'étaient des époux assortis.

Derrière eux, le cocher vit entrer un dernier groupe composé de jeunes gens qu'il connaissait plus ou moins : des employés de ministère, des fils de fonctionnaires, un peintre, tous bichonnés comme des jeunes premiers, posant pour des supériorités différentes, et tous empressés près de la maîtresse de la maison, qui les avait traités.

Celle-ci, toute fraîche et jolie, petite et souriante, était surtout remarquable par son extrême jeunesse. N'eût été la légère teinte de poudre de riz dont elle altérait son gracieux visage, on l'eût prise pour une jeune fille du monde régulier, tant il y avait de charme et de simplicité dans sa tenue et ses allures.

Apercevant le nouveau cocher, elle demanda s'il y avait quelqu'un parmi ses invités qui voulût l'accompagner aux courses.

Ce jour-là avait lieu la première réunion de printemps à Longchamps.

Il se trouva que personne ne fût en situation d'accepter son offre.

— J'irai donc seule... si j'y vais! dit-elle.

Puis, venant à Eugène :

— Ayez la bonté d'atteler la victoria à l'heure convenable. Si je changeais d'idée, on vous avertirait.

Ce « ayez la bonté » toucha le cocher. Il n'était pas fait à ces formes. Il salua, et partit en se félicitant d'avoir trouvé une si bonne place et de servir une si courtoise maîtresse.

Car cette enfant était là, chez elle, unique propriétaire du mobilier, des équipages et des chevaux.

Largement fournie de bijoux, d'argenterie, de diamants, riche d'environ quarante mille francs de revenus en inscriptions de rentes et titres divers, elle était maîtresse absolue d'elle-même.

Vous l'avez peut-être connue ; on l'appelait : Alice, *la Mioche*. Son vrai nom était Maroteau, et, comme elle n'était pas majeure, une sorte d'homme d'affaires, qui surveillait ses intérêts, l'avait fait émanciper.

Avec une gentillesse toute naturelle, elle servit le café à ses hôtes, qui, tous à peu près, avaient allumé un cigare. Pour elle, ne prenant ni café, ni liqueur, et ne fumant pas par l'unique raison qu'elle n'avait point le goût de ces choses, elle revint au groupe des jeunes gens.

On y discutait avec une certaine animation au sujet d'un personnage à eux connu, qui, après avoir vainement cherché à se faire admettre au Jockey's-Club, venait de se faire refuser — ils disaient : *black-bouler* — au Cercle des Arts. La majorité des invités d'Alice était contre lui. Deux ou trois seulement plaidaient en sa faveur, demandant ce qu'on avait, en somme, à lui reprocher.

— D'où vient-il? d'où sort-il ? faisaient les autres. Où prend-il de quoi soutenir le train qu'il mène?

L'un de ses défenseurs officieux entreprit de répondre à chacune de ces questions.

Celui-ci, qu'on appelait Alphonse Destouches, — nom qu'il écrivait volontiers en deux mots, — affectait une certaine gravité, et pensait faire acte de hardiesse. sinon de magnanimité, en se prétendant pourvu d'idées avancées : démocrate, dans un tel milieu! Son visage, au surplus, se prêtait merveilleusement au rôle de philosophe, qu'il s'appliquait à soutenir. L'ensemble avait un caractère de beauté quelque peu majestueuse et d'autant plus sereine qu'il ne s'en dégageait jamais l'expression d'aucun sentiment. Seul, un sourire excessif et court, presque brutal, gênant, tant il paraissait de commande, détruisait, à l'abord du premier venu, l'harmonie incolore et glaciale de sa physionomie.

Par une sorte de consentement tacite — et à charge de revanche! — on lui tolérait cette prétention au sérieux, on semblait accorder de l'autorité à sa parole et à ses jugements.

— Prenez garde, dit-il avec suffisance, de parler légèrement d'un homme dont le plus grand tort est d'être étranger. Beaucoup de vous ne savent même pas son nom.

Et poursuivant sur le même ton, il dit que ce personnage était Bavarois, qu'on le croyait officier d'artillerie, qu'il se nommait Guillaume Steinburg, et que ses cartes portaient le cimier, ce qui lui constituait à tout le moins le titre de chevalier.

— D'industrie! répliqua un gros garçon au poil roux, au visage finassier, qui passait pour être l'homme d'esprit de la bande.

Bien que le trait ne fût pas absolument nouveau, le succès qu'il obtint — cette classe de jeunes gens n'est pas difficile — loin de calmer le débat, le rendit au contraire plus vif.

Alice se rangea du côté des indulgents.

— Je le connais un peu, dit-elle, pour m'être trouvée quelquefois au jeu et à souper avec lui, et il m'a paru gentil garçon. Il est très beau joueur ; en tous cas, il ne grogne pas quand il perd. Et puis, il a cela de bon qu'il n'assomme pas les femmes de fadeurs. Etant monté dans le compartiment où je me trouvais seule, en revenant de Chantilly, il a eu le bon goût de ne pas me faire la cour.

— Il est très malin, dit le docteur, et je crois le connaître mieux que vous. Il est, en effet, Bavarois, et de bonne famille, quoique sa noblesse soit sujette à caution. Il est exact, aussi, qu'il ait eu un grade dans l'armée ; mais, soit qu'il ait été l'objet d'une mesure qui équivaut, chez nous, à la mise en disponibilité par retrait d'emploi, soit qu'il ait donné sa démission, il est rentré dans la vie privée.

—Privée... de considération ! fit l'homme d'esprit.

— Il y a de ça, répliqua le docteur. Au demeurant, il a dû commettre quelque frasque de calibre qui a nécessité son éloignement. Pour riche, il ne l'est pas. L'argent qu'il dépense doit être le reliquat d'un patrimoine pis qu'ébréché.

— On dit qu'il a gagné cent mille francs à Bade.

— Il gagne tous les soirs au baccarat, chez les femmes.

— Ça ne serait donc pas un Bavarois, dit le rousseau, mais un grec.

Le mot était trop vieux ; on n'en rit que par complaisance.

— Pour moi, reprit le docteur, je crois que c'est un garçon échoué, qui, avec le sens « pratique » des Allemands — un mot poli ! — a entrepris de se refaire une position en France. Déterminé, non affligé de scrupules, son pays n'en produisant pas, il veut s'imposer par tous les moyens.

— S'imposer, à qui?

— Au monde des jeunes gens d'abord. S'y créer des relations, s'y faire quelques amis, qui plus tard, l'introduiront dans leur famille, puis dans le monde.

— Pour arriver à quoi?

— Tout bêtement à un beau mariage.

— C'est un aventurier, dit le comte d'Iosk.

— Et dangereux! ajouta le docteur. Son échec au Jockey's-Club et au cercle des Arts l'a irrité. Bête et féroce, poursuivant son dessein quand même, avec l'entêtement balourd des Allemands, il a presque provoqué le président du Cercle.

— Le beau moyen de se concilier les gens!

— L'intimidation lui suffit. Sa logique teutonne lui fait croire qu'après avoir tué un homme ou deux, on n'osera plus repousser ses avances.

L'homme d'esprit qui avait une raillerie sanglante à la bouche, s'arrêta au moment de la lancer. Le dernier mot du docteur venait de stimuler tout à coup en lui l'instinct de conservation.

— Après tout, fit-il, ce sont là des « on-dit ». Le seul fait certain, c'est qu'on ne le connaît pas.

— Tu es le plus raisonnable, fit Alice, et je ne sais pourquoi nous nous occupons si longtemps de ce garçon-là.

— Toi! fit la comtesse, tu t'es laissé fasciner par ses grandes moustaches.

— Oh! que tu te trompes! répondit la jeune fille. J'ai l'horreur des blonds. Seulement, il ne m'a jamais rien fait, et puisque c'est à un mariage qu'il vise, selon le docteur, je n'ai rien à craindre de lui.

L'heure passait. La conversation devint languissante. On songea à la séparation.

Ce fut la comtesse qui ouvrit la marche.

— J'ai affaire, dit-elle.

Ce n'était pas un propos banal de sa part. Comme on le verra plus loin, sa noblesse ne la mettait pas au-dessus de certains intérêts, dont elle s'occupait exactement.

Plusieurs de ces messieurs devant se rendre aux courses, dirent « au revoir » à la belle Alice, et l'on se sépara.

Celle-ci hésita encore à se décider. Les courses! c'était si bien toujours la même chose. Elle en avait tant vu, depuis qu'elle était du monde, qui en fait l'ornement le plus panaché.

Cependant, d'autre part, que faire?

Et puis : un dimanche!

Etendue sur un sofa, bâillant, prête à dormir, elle se secoua tout à coup, pour ne pas succomber à la fadeur de l'ennui, qui l'accablait le plus souvent, et, ayant sonné Fulgence, elle s'habilla.

Une heure après, Eugène, raide comme un piquet, les rênes au poing gauche, le fouet planté sur la cuisse, débouchait dans la rue de l'Arcade, fier et vainqueur, ne craignant nulle comparaison.

Il conduisait « Madame » à Longchamps.

II

Alice était fille d'une brave femme qui tenait un infime cabinet de lecture, rue Lepic, à Montmartre. Cette dame, car c'en était une, était veuve d'un juge de paix de la Châtre, petite sous-préfecture de l'Indre.

Dans les villes de troisième ordre du Centre, un juge de paix est un magistrat qui fait partie de la première société de l'endroit. A la Châtre, où la noblesse est nulle, cette première société est composée de bourgeois riches, qui singent l'aristocratie bretonne et affectent un collet-monté qui n'entend pas raillerie.

Tous les sous-préfets qui se sont succédé dans cette sinécure, ont tenté de fusionner les différentes couches bourgeoises de la localité, de la première à la seconde société surtout. Aucun n'y est parvenu. L'une et l'autre, dans ses salons, ont toujours fait bande à part; ceux de la première, se confinant dans un coin, ne parlant, ne dansant qu'entre soi et ne saluant que les pairs.

— « Oh! monsieur, le sous-préfet! nous mettre en contact avec des gens de boutique!... »

Ce n'est pas qu'ils lui en voulussent au fond. Bien au contraire! Ce leur était une occasion de plus de nanifester un exclusivisme qui ne leur déplaisait pas du tout.

Or, le père d'Alice, M. le juge Maroteau, plus « première société » qu'aucun des autres membres de la clique, en avait d'autant plus les idées, qu'il était fils d'un pharmacien de Châteauroux — boutiquier; pouah! — et que sa femme avait pour père l'ancien maître de postes du Blanc; autre pétaudière à sociétés tranchées.

Il n'y a rien au monde de puant comme les gens qui se croient parvenus au-dessus de leur condition d'origine.

Très humble fonctionnaire, maigrement rétribué, ce grave niais s'était condamné à la vie la plus mesquine, aux incessantes mais intimes privations, pour que sa fille fût élevée dans le couvent adopté par les familles « du monde » de la soi-disant aristocratie locale.

L'enfant, bonne petite créature, jolie comme un de ces anges bouffis dont les peintres religieux parsèment leurs ciels, prit, là, des appétits de luxe et de bien-être qui veulent la fortune pour ne pas devenir pernicieux. La musique, le dessin, ces travaux d'aiguille délicats qui semblent réservés à des doigts de duchesse, tel fut le plus clair de ce qu'on lui enseigna.

Elle avait un timbre de voix sympathique et pénétrant. Pour qu'elle rehaussât l'éclat des offices, on lui apprit à chanter aux orgues.

Elle avait bonne mémoire et cette assurance aisée, naturelle, inconsciente, dont l'aplomb et l'effronterie n'ont jamais la grâce. Aux fêtes de la supérieure, aux réceptions archiépiscopales, on lui fit débiter un rôle dans les tragédies permises.

Puis, un beau matin, le juge de paix mourut, d'anémie peut-être. Pour arriver à faire figure, il ne mangeait pas son saoûl à la maison et, quoique le vin de Berry se boive à l'heure, dans les années de récolte moyenne, il n'usait que d'eau claire. Mais il faisait partie de la première société!

On l'enterra comme un membre de la dernière, encore que le curé officiât pour l'amour de Dieu.

Tout liquidé, vendu, la veuve se trouva en possession de quatre mille francs. Le bonhomme n'ayant pas fait son temps, sa femme ne pouvait guère espérer que les chiches secours d'une Administration appauvrie, par les fonds secrets, et le cumul des gros bonnets de tous les ordres.

Qu'eût-elle fait, en Berry? rien : car, par respect pour les billevesées du magistrat, elle ne voulait pas descendre à l'emploi subalterne de gouvernante, ou de dame de compagnie. Elle fit comme tous les naufragés de l'existence, qui ont la petitesse de mettre de la gloriole à dissimuler leurs désastres : elle alla se perdre dans le tohu-bohu parisien.

Un quart de son avoir dépensé, elle trouva à acheter un « Salon de lecture » à Montmartre. Prudemment, elle y mit ses derniers sous, et, y ajoutant, par la suite, la vente des journaux, avec un petit dépôt de papeterie pour les écoliers, elle parvint à gagner de quoi vivoter avec sa fille.

Dame! ce n'était pas largement! La petite Alice, âgée de treize ans alors, avait parfois fort à faire à repriser la lingerie ! Et c'était la veuve elle-même qui mettait les volets à la boutique, le soir.

La boutique !...

« Du haut du ciel, sa demeure dernière », — car il est dit : « Bienheureux les pauvres d'esprit, le royaume des cieux leur appartient! — que devait penser le magistrat Maroteau, s'il voyait sa femme et sa fille réduites à cette condition? Il est à craindre qu'il ne les reniât, s'il était de la « première société » de là-haut!

Pauvre sot! Il en avait préparé bien d'autres! Et sa malheureuse femme, qui avait à se reprocher de n'avoir pas fait le sabbat pour mâter ce piètre vaniteux, n'était pas d'encolure à conjurer les funestes conséquences du travers dominant de son maître et seigneur.

Non qu'elle l'eût approuvé jamais, loin de là. L'instinct maternel l'avertissait assez de la présence d'écueils inévitables. Mais d'une âme timide, élevée à la baguette, par un père qui traitait enfants et chevaux de la même manière, elle ne savait pas résister ; pas même à son mari ; ce qui en faisait une femme extraordinaire, un phénomène.

Et le pli s'était pris. Et, pourvu qu'elle pût mener son petit traintrain d'existence silencieuse, paisible et coutumière, elle laissait aller les choses à leur gré, renfermant ses appréciations. Elle n'en parlait guère qu'à Dieu, mais directement, attendant que sa volonté fût favorable à ses désirs. Si encore elle s'en fût ouverte à son confesseur, elle en eût reçu probablement un bon avis, quelque conseil. Mais non ; elle s'en gardait comme de la peste. Sous le ministre du culte, il pouvait se trouver une raison pratique, qui l'eût obligée à quelque manifestation énergique. Rien que de prévoir cette possibilité, la terreur lui étreignait l'âme. C'est qu'il est, en effet, bien plus commode de se prosterner à genoux et de dire : « Mon Dieu! que votre volonté soit faite ! »

Arrive qui plante, après cela ; la conscience est tranquille : si l'effondrement survient « c'est que Dieu l'aura voulu! »

La seule personne qui pénétrât un peu dans l'intimité de la veuve, lui répétait pourtant une formule orthodoxe : « Aide-toi, le ciel t'aidera » lui disait-elle, ce que faisant, elle lui était absolument désagréable.

On se tromperait, si l'on imaginait que cette lâcheté de caractère fût le résultat d'un égoïsme imperturbable. Point du tout! Elle voyait bien le danger, elle souffrait violemment de ne s'y point soustraire; mais elle n'osait pas réagir.

Ses plus cruelles appréhensions lui venaient, maintenant, au sujet de sa fille, qui grandissait, embellissait, et, se souvenant du passé, de l'attitude qu'elle avait jadis au couvent, semblait étouffer, s'amoindrir, désespérer, dans cette petite boutique, dont l'atmosphère imprégnée de senteurs de vieux papier imprimé, une odeur spéciale aux bouquins graisseux, lui affadissait le cœur.

Et puis la pâleur lui venait. Le manque d'exercice, la lenteur fastidieuse de ces journées interminables, faites de silence et d'immobilité, altéraient peu à peu sa santé. Le regard devenait vague. Le bleu de la prunelle semblait s'éteindre, comme lavé par des larmes secrètes. Les mains maigrissaient et leur blancheur prenait des teintes livides.

Cependant, la veuve Maroteau avait une espérance. Cet unique ami, qui pénétrait dans son intérieur, était un Berrichon; le fils unique d'un des deux médecins de la Châtre : le docteur Revel, qui, à faire un métier de facteur rural, avait économisé un petit avoir, le plus modeste qu'on puisse imaginer. Mais c'était le médecin de la première société, car il avait fini par faire sa tournée de visites dans un cabriolet, attelé d'un roussin, que dix lieues de pays n'effrayaient pas, pourvu qu'on le laissât trottiner à son allure, les oreilles et la langue pendantes.

Ce bonhomme-là était veuf, et quoi que sa gouvernante ne fût point « tant dégoûtante » comme dit *le Médecin malgré lui*, on lui marquait de la considération en son pays. On trouvait bon qu'il continuât d'exercer, en dépit des petits revenus qui lui eussent permis de se reposer. On trouvait mieux qu'il destinât son fils à la médecine, en vue de lui passer la clientèle.

Peut-être, à ce propos, se préparait-on un mécompte. Adrien Revel faisait bien sa médecine; mais il la faisait si bien, si bien! qu'il n'avait pas envie du tout d'aller exercer à la Châtre. Son rêve était de parvenir à l'agrégation, de devenir médecin des hôpitaux.

Son père lui écrivait souvent :

« Que tu es godiche, mon ami. Viens
» donc plutôt ici; puisque tu as le diplôme,
» tu n'as plus besoin de rien. Viens donc,
» bêta! Nous vivrons comme deux amis,
» je te ferai la moitié de la besogne, tu
» épouseras une fille riche, dont le père
» te fera décorer au premier choléra. »

Mais Adrien n'était point sensible à la tentation. Poursuivant ses études, il n'avait eu à cœur que de se procurer des ressources personnelles, de façon à parer les conséquences du déplaisir paternel, dont le moindre inconvénient eût été de lui couper les vivres.

Il s'était mis à l'abri d'une telle aventure, en se faisant le préparateur d'un chimiâtre enragé, professeur à la Faculté, qui ne désespérait pas d'analyser le principe vital. Déjà, ce savant homme était à deux doigts de produire du chyle, et c'était merveille de lui voir opérer une digestion factice dans ses cornues. Seulement, il n'allait pas encore au-delà de cette opération, qui n'était que préliminaire, à son gré; le prologue de celle grâce à laquelle il ambitionnait d'arriver au produit de la transformation suivante, le dernier mot de la science, à son avis.

Sans épouser son idéal, Adrien l'aidait dans ses travaux; mais plutôt en rédigeant les mémoires du professeur, qu'en mettant la main à la pâte. Quelques répétitions d'autre part; des articles scientifiques dans les revues *ad hoc*, s'ajoutaient à cela et lui permettaient de vivre, en suivant son chemin.

Une ou deux fois la semaine, il montait rue Lepic et passait une heure ou deux avec ces dames. Il leur contait ses affaires, s'intéressait à la prospérité du cabinet de lecture, donnait son avis, que l'on suivait le plus souvent. C'était l'ami de la maison.

Parfois, il avait trouvé la jeune fille seule. De temps en temps, le dimanche, il les avait menées, toutes deux, à la promenade, et l'on avait dîné ensemble.

La veuve avait fini par penser qu'Adrien pourrait bien avoir l'idée d'épouser sa fille, quand sa situation serait faite. Elle ne chercha d'ailleurs jamais à tirer les choses au clair. Il lui eût été si douloureux de se heurter à la certitude du contraire! Il lui eût fallu prendre la situation corps à corps, en ce cas, examiner le grave problème de l'établissement d'Alice. Elle aimait mieux admettre pour certain l'espoir qu'elle caressait, sans mot dire.

Cette fois encore l'instinct maternel lui donnait le pressentiment de la vérité. Adrien aimait Alice. Et, lui aussi, caressait un beau rêve.

Il arrangeait tout un avenir, auquel il avait déjà sacrifié, intentionnellement, partie de ses ambitions. Pour elle, pour qu'elle fût riche et satisfaite, il consentait à faire la clientèle; il acceptait le côté *métier* de la profession; ce qu'il n'avait pas admis jusque là.

Cependant, ses sentiments pour elle, ses intentions, il les gardait dans le plus profond secret de son cœur. Il y avait encore tant d'efforts à faire pour approcher du but! Et puis, n'y eût-il pas eu danger à mettre l'amour en tête d'une si jeune fille?

Réservé par nature et par raison, non-seulement il se taisait absolument de ses projets, mais, quelque émotion qu'il éprouvât près d'Alice, il affectait de la traiter en petite fille. Pas une attitude, pas un regard, pas un mot qui pût donner l'éveil. Il fallait travailler d'abord. Et, de fait, Alice ne se doutait de rien.

En quelle estime le tenait-elle? Voilà ce qui lui eût été difficile de dire. L'habitude le lui rendait familier, sans plus. Elle avait plaisir à le voir; mais, lui parti, elle n'y pensait plus.

Une ou deux fois, elle lui demanda conseil sur des choses où elle balançait. Il lui parut si raisonnable, si sérieux dans ses réponses, qu'elle n'y revint pas, pressentant un blâme au cas où elle lui en eût dit plus long.

C'est que l'éducation paternelle portait ses fruits. Alice étouffait dans cette atmosphère restreinte et lourde qu'un horizon gris, terne, bourgeois resserrait d'une façon lamentable. Le silence qu'elle s'imposait, sa tenue résignée cachaient des appétits violents, des aspirations frénétiques à la vie brillante, au mouvement, quel qu'il fût.

La lecture prolongée des volumes, que sa mère avait en magasin surexcitait encore ses instincts et lui exagérait la platitude de l'existeuce incolore qu'elle menait.

Ce n'est pas, toutefois, que des idées précoces de galanterie la troublassent. Dans toutes ses préoccupations, dans ses rêves, l'amour ne tenait qu'une place infiniment médiocre, et ce qu'elle en lisait, dans les romans du cabinet de lecture, lui semblait plutôt long, lourd et fatigant. Son âme n'y était point éclose.

S'il en eût été autrement, Adrien eût été autre chose que ce qu'il était en réalité pour elle, c'est-à-dire un *vieil* ami de la maison, une sorte de grand-parent, un peu bien sévère. Elle l'eût mieux compris, elle eût pénétré ses intimes sentiments, ses secrètes intentions à son égard, et peut-être sa vie lui eût-elle paru plus riante.

Mais non. L'amour étant encore lettre close, pour elle, l'idéal de la jeune fille était tout plein de tout autres chimères. Et comme la nature humaine a le besoin de tout légitimer à ses propres yeux, pour se complaire dans ses idées, elle englobait sa mère dans ses aspirations à des destinées supérieures. Elle voulait s'enrichir et remonter à un niveau social, plus en rapport avec ses origines.

Comment y parvenir?

En face de la boutique où la pauvre Alice s'étiolait, il y avait une grande et belle maison, sur le balcon de laquelle un grand écriteau portait :

Cours de déclamation lyrique.

De là, le long du jour, s'échappaient les accords d'un piano, accompagnant des voix, dont le timbre et l'accent pénétraient la jeune fille, et lui valaient un crève-cœur sans cesse renaissant.

Elle aussi avait chanté, elle aussi savait s'accompagner. N'avait-elle pas chanté, avec succès, au couvent de Bourges? Et, dans l'extrémité où elle se trouvait réduite, il n'y avait pas même un piano, dans cette arrière-boutique pleine de pénombre fade!

Souvent, du fond de son comptoir, trônant piteusement, sur cette banquette dure et usée, où elle se sentait clouée, elle apercevait de jeunes femmes élégantes arriver en voiture. Elle s'imaginait reconnaître quelque prima donna d'un théâtre où Adrien l'avait conduite. Le luxe de ces femmes, ce qu'elle savait du chiffre des appointements que les cantatrices obtiennent des directeurs, les applaudissements qu'on leur décerne, ce qu'on dit d'elles dans les feuilletons et les chroniques, tout cela lui donnait le vertige. Pouvoir, peut-être, être l'une d'elles, et rester là, perdue, oubliée, dans un intérieur mesquin, ladre, sombre! Vivre chichement, inaperçue, occupée à des soins bas, rapiécer des nippes, repriser des vêtements fanés, balayer un parquet boueux et avoir peut-être en soi, les éléments d'une vie éblouissante de triomphes lucratifs et radieux!

D'ailleurs, elle avait entendu dire parfois, même par Adrien, qu'il y a d'honnêtes personnes au théâtre, surtout parmi les cantatrices. Un grand scrupule de moins!

Une idée fixe l'envahit peu à peu dès lors, la dominant, l'étourdissant. Elle voulut de la gloire, du renom et de la fortune par l'art. Elle voulut se délivrer, ainsi que sa mère, de l'écœurante médiocrité où elles végétaient de compagnie; elle voulut être artiste.

Longtemps, les difficultés d'exécution l'arrêtèrent. Puis, à force d'y songer, de combiner, elle trouva des prétextes pour se rendre un peu plus libre. Tantôt, c'étaient des courses à faire dans Paris, pour obtenir des avantages des éditeurs; le plus souvent, des pratiques de dévotion. C'était là ce qui réussissait le mieux; sa mère, en usant largement pour son compte, ne pouvait qu'être favorable aux sentiments que sa fille manifestait. Pour peu qu'Alice déclarât se rendre à l'église, toute liberté lui était donnée par la veuve, d'autant plus que la location des bouquins et la vente des journaux obligeaient la mère à se claquemurer dans la boutique.

L'église, pour Alice, c'était l'école dramatique de la rue de la Tour-d'Auvergne. Sur une simple et première audition, le professeur, la trouvant jolie, lui avait accordé la gratuité de ses leçons, exagérant, peut-être innocemment, la confiance que, disait-il, on pouvait avoir dans l'avenir de la jeune fille.

Elle lui dit sa situation exacte. Il se prêta aux difficultés, l'enseignant quand elle venait, ce qui était malheureusement peu régulier.

Malgré tout, elle fit ces premiers progrès rapides, qui sont à la portée de quiconque est un peu doué, et qui enthousiasment les débutants, les plaçant, avant qu'ils l'eussent espéré, à ce premier degré inaccessible aux amateurs, mais que bien peu d'artistes de profession dépassent ensuite.

C'est la première étape au bout de laquelle on aperçoit les profondeurs magiques de ciels inconnus jusque-là, et dans lesquels il semble facile de prendre son vol.

Mais une fois là, au seuil de ce sanctuaire étoilé, luxuriant de lumières et d'attraits, l'obligation de se vouer corps et âme, sans réserve, apparaît inévitable. Il faut rompre tout lien terrestre, toute attache d'un autre domaine. L'art est comme un culte, il absorbe ses prêtres; tout à lui ou redescendez la pente, retournez à la foule vulgaire.

Alice ne s'y méprit pas. Le professeur aidant, elle se vit dans la nécessité impérieuse de prendre un parti radical. Longtemps encore elle hésita, effrayée à la pensée du sacrifice qu'elle avait à faire, sacrifice énorme, puisqu'en premier lieu il fallait se sauver de la maison maternelle, s'exposer à toutes suppositions dont les moins blessantes l'humiliaient, d'autant plus profondément, qu'elle avait la ferme volonté de rester honnête fille, croyant d'ailleurs le problème aisé, la chose commune.

A la fin, l'idée fixe l'emporta. Elle partit un soir, la boutique fermée, vêtue d'un petit peignoir sur lequel elle avait jeté un manteau.

Après quelques pas dans la rue déserte et sombre, une dernière hésitation la retint un moment. Elle s'assit sur un banc du boulevard extérieur, et là, émue, haletante, elle mit en balance le passé et l'avenir.

Ce passé terne, misérable, ce présent accablant et précaire, pouvaient-ils amoindrir l'éclat d'un avenir tout plein d'idéalités? Non. L'épreuve ne fit que la raffermir dans ses projets, et, dès lors, décidée, calmée, elle se rendit au domicile d'une camarade d'études, élève du même professeur, qui lui avait offert l'hospitalité.

Six mois après, Alice débutait à Bruxelles. Elle ne réussit point; sa jeunesse et sa beauté seules la préservèrent d'une avanie. Il n'en fut pas de même à Marseille. Le public l'accabla. Elle ne put terminer son rôle; ce fut une chute honteuse, que les mœurs du théâtre rendirent abominablement pénible. Elle en fut terrifiée.

En effet, on lui tourna le dos. Il n'y a qu'un pouvoir au théâtre : le succès. Au lendemain de ce qui s'appelle un *four*, l'actrice, aussi bien que l'auteur, est à l'état de brebis galeuse; jusqu'aux figurants, tous la fuient, la raillent; les meilleurs l'évitent, comme s'ils craignaient de se compromettre en la consolant. Le portier ne la salue pas.

Cela ne dure guère, il est vrai, et l'on s'y habitue à la longue; mais au début, quelle tristesse, quel effondrement!

La malheureuse fille en tomba malade. Ce lui fut le coup de grâce. Les appointements furent suspendus. Elle était à l'hôtel, ses dettes grossissaient; on menaça de l'expulser, en gardant ses habits en gage.

Par bonheur pour elle, la fièvre l'empêchait d'apprécier l'horreur de sa situation; mais il fallut que le médecin du théâtre se fâchât contre l'hôtelier, pour éviter, qu'au risque de la tuer, celui-ci ne la fît conduire à l'hôpital.

Durant ce temps, une réaction s'était produite parmi les camarades de l'infortunée Les acteurs ont des côtés d'une bonté infinie. Ils tiennent de l'enfant : jaloux, superstitieux, susceptibles à l'excès, ils ont une sensibilité exquise, que rien ne décourage.

Ceux-ci se cotisèrent et ouvrirent une souscription au foyer, en faveur d'Alice. Quelques centaines de francs furent ainsi réunis, et l'on pourvut au plus pressé.

Au nombre des abonnés se trouvait un grand garçon d'environ vingt-huit ans, qui avait cette belle mine des gens bien doués, à qui tout a été facile, depuis le jour où ils ont bien voulu prendre la peine de venir au monde.

Très riche par la mort de son père, il menait à Marseille cette grande vie des viveurs de province, dont le jeu, la table et les chevaux sont le fond. Ce n'était pourtant pas une bête; et, si sa mère ne l'en eût empêché, il eût pu se distinguer dans une carrière quelconque.

Mais cette mère, petite bourgeoise, mariée sans dot à un Méridional entreprenant, qui s'était enrichi au-delà de ses espérances, avait des préoccupations spéciales à l'égard de sa tenue dans le monde. A Marseille, on était fait à ses façons, les quelques pataqu'est-ce qui lui échappaient de ci de là, dans la conversation, ne portaient point à conséquence, dans un centre où l'on parle un français si particulier! Et puis elle y était connue ; elle avait son monde, ses connaissances, ses amis.

Quoi que fût devenu son fils, il aurait fallu, pour le suivre, se produire dans un autre milieu, où l'on eût peut-être souri en l'entendant dire : « *Je me mets mon chapeau dans ma tête,* » et autres locutions du cru, dont elle sentait instinctivement l'irrégularité.

D'ailleurs, quoi faire? Et de quelle nécessité faire quelque chose? Que pouvait souhaiter « ce grand cadet-là? » comme elle l'appelait. Qu'il se laissât vivre bien doucettement, le plus près d'elle possible; rien ne lui paraissait plus sage.

Le « Cadet », qui l'aimait fort de son côté, n'éprouvait pas grande difficulté à la satisfaire, et pourvu qu'il lui fût permis de passer quelques mois à Paris, chaque année, il s'accommodait facilement de l'existence qui lui était faite, attendant la trentaine pour se marier, avec la bonne Provençale que sa mère lui proposerait.

En attendant, il laissait aller les choses le plus philosophiquement du monde, buvant sec, riant un peu trop de tout et se faisant du lard comme un potentat allemand.

Lors de l'aventure d'Alice, il était aux courses de Beaucaire; car on pense bien que ces choses-là ne pouvaient se passer sans lui.

Un soir, en flânant au foyer du théâtre, il apprit la fâcheuse situation de la débutante. Par un mouvement bien pur d'arrière-pensée d'aucune sorte, non-seulement il s'inscrivit pour une bonne somme, sur la liste des souscripteurs ; mais encore, ayant pris le docteur à part, il lui ouvrit un crédit illimité, en apprenant de lui que la convalescence serait fort longue et coûteuse, si l'on voulait que la jeune fille s'en tirât tout à fait.

Tant qu'Alice fut au lit, puis trop faible encore pour se rendre compte de ce qui se passait, les choses allèrent de soi. Mais, à la fin, se voyant l'objet de soins empressés, elle s'enquit des ressources grâce auxquelles on y faisait face. Durant quelque temps encore, elle put croire que la souscription de ses camarades y suffisait. Puis, le docteur, en venant à lui parler d'aller s'établir à Nice, elle provoqua une explication.

Tout cela, en somme, était si simple, que le médecin n'éprouva aucun embarras à parler.

— Mais, dit Alice, qui est cette personne qui me fait soigner? et d'où vient qu'elle ait tant de bonté pour moi ?...

— Là-dessus, mon enfant, répondit le docteur, je n'en sais guère plus que vous-même. Mais puisque après tout la protection de M. Edmond Caudheille n'est point gênante pour vous, qu'il ne connaît même pas, je vous conseille, dans l'intérêt de votre santé, de l'accepter purement et simplement.

Alice manda un acteur du théâtre, pensant se faire renseigner sur cet Edmond Caudheille dont elle entendait parler pour la première fois.

Cet acteur était un brave homme, le mari de la duègne, qui lui avait donné plusieurs enfants, dont l'aîné était à Saint-Cyr. Sa vie régulière, son âge, tout permettait d'en espérer un bon avis.

— Ecoute, ma petite Alice, lui dit-il, avec cette familiarité professionnelle qui naît de rapports constants et d'une sorte d'amitié spéciale, tu as, je crois, de l'avenir, ta voix est bonne; mais, ma pauvre mignonne, tu ne sais rien de rien, et ta méthode est déplorable. Si tu veux réussir, il te faut deux choses : la santé et encore une bonne année d'études. Ce M. Caudheille s'est fort inquiété de toi au foyer. Nous lui avons dit tout cela. Il veut faire tout le nécessaire; vois s'il te convient d'accepter. Je comprends bien ton scrupule, ajouta-t-il. Il est jeune, un peu viveur, et tu crains que par la suite, son désintéressement ne se démente. Que veux-tu? Personne n'a rien à te dire à cet égard, Il faut te décider toute seule.

La jeune fille le remercia.

Le lendemain, encore bien faible, elle alla consulter le directeur de son théâtre. C'était un homme pratique. Les scrupules de sa pensionnaire l'égayèrent extrêmement, et croyant lui donner une marque d'intérêt affectueux, il la traita de niaise.

Rentrée à l'hôtel, elle écrivit à son ancien professeur. Il ne répondit même pas.

La peur la prit alors. Que faire? à qui s'adresser? Elle pensa à sa mère, à Adrien Revel. Un remords profond la saisit ; mais elle repoussa aussitôt l'idée de recourir à eux, qui avaient dû tout supposer.

Quand elle se vit bien seule, absolument abandonnée, sauf d'un bienfaiteur inconnu, son énergie lui revint. Elle vendit de quoi se faire une petite somme, et sur des indications qu'elle se procura, elle s'engagea dans une troupe de troisième ordre qui exploitait les petites villes de la Touraine.

Avant de partir, elle écrivit à ce M. Caudheille, afin de le remercier. Sa lettre était simple, sans grands mots, sans plaintes. Elle se disait tout bonnement son obligée.

Dès ce moment, son parti fut pris. Renonçant aux grandes destinées artistiques, entrevues en rêve au début, elle se réduisit à la médiocrité, jouant tout : l'opéra et la comédie, chantant des sottises rimées sur des airs de bals publics, acceptant le labeur sans charme, la vie pénible et monotone qui, seule, désormais, était à sa portée.

Elle avait jeté un voile sur le passé ; elle s'était fait une personnalité nouvelle, dont peu à peu l'habitude lui venait.

Le jeune premier de la troupe était amoureux d'elle. Las de lui faire la cour, il lui proposa de l'épouser. Elle refusa, lui avouant loyalement qu'elle ne partageait pas son amour ; mais la possibilité d'un mariage dans ce milieu ne heurta pas ses idées. Toutes les atmosphères exercent une influence irrésistible sur le moral. Ce qui, longtemps, a choqué, paraît à la longue excusable, logique. Dans sa nouvelle condition, à quoi pouvait-elle prétendre? Et elle se fit à la pensée d'aimer, légalement ou non d'ailleurs, l'homme quelconque qui lui plairait.

Or, de passage à Angoulême, elle remarqua qu'un jeune homme assistait chaque soir à la représentation. Puis elle le rencontra dans l'escalier de l'hôtel où elle logeait. Une autre fois, dans la rue; il la salua.

C'était un garçon de bonne mine, dont la tenue, sans être luxueuse, était soignée. Elle apprit qu'il était voyageur de commerce, et qu'il s'appelait Marel.

Un acteur de la troupe l'amena un jour à la pension où les artistes prenaient leurs repas en commun. Il lui dit à peine quelques mots, pleins de réserve et d'admiration discrète. Alice en fut plus touchée que surprise. On se revit d'autres fois, et l'on se lia davantage, sans dépasser les bornes de ces relations courtoises, qui n'engagent personne. Puis la troupe quitta Angoulême pour se rendre à Poitiers.

A son entrée en scène, dans cette dernière ville, la jeune fille aperçut Marel à l'orchestre. Ce lui fut un plaisir. On se retrouva le lendemain. Puis le train de vie d'Angoulême reprit à Poitiers. Des mois passèrent. Ils étaient de bons amis, maintenant ! Souvent, ils s'en allaient ensemble, aux environs de la ville, déjeuner dans un cabaret, gambader sur l'herbe, gaminer.

Au retour, ils étaient plus posés, presque graves, avec une nuance de tendresse, surtout quand ils s'en revenaient le soir.

Pour tous leurs amis, ils « étaient ensemble », comme on dit dans le monde galant. Pourtant, ce n'était pas vrai : une seule fois, il lui avait baisé la main. Etait-ce habileté de la part du jeune homme? Non. Ces choses ont un charme exquis pour certains esprits délicats. Lui s'y laissait aller sans calcul. Pour elle, elle l'adorait.

Elle s'en rendit compte à sa première absence; car de temps à autre il faisait des voyages de courte durée, pour son patron probablement.

Dès lors, Alice subit une transformation. Tout cela était si nouveau, si attrayant, si bon de se sentir aimée, en un si complet abandon ! Sa renonciation au passé s'accusa plus nettement encore, et d'intention, elle se donna toute.

L'occasion fit le reste !...

Longtemps après, comme ils étaient un soir au coin de *leur* feu, à l'hôtel, la servante monta une lettre pour lui.

Le jeune homme y jeta les yeux et la mit dans sa poche

— Qui est-ce qui t'écrit? lui demanda Alice.

— Une lettre d'affaires, fit le jeune homme sans répondre.

Alice n'en crut rien. Un pressentiment lui disait qu'il lui cachait quelque chose d'important. Elle y songea toute la nuit. Au petit jour, elle fouilla les vêtements de son ami, et, s'approchant de la fenêtre, elle la lut cette lettre.

C'était la lettre d'une mère à son fils. Une lettre de reproches affectueux, où l'orthographe faisait défaut, mais où se traduisait un grand sentiment de bonté. On y parlait d'Alice en termes généreux.

Elle lut :

« ... Tu l'aimes, j'en suis sûre; et je me
» sens une grande pitié pour cette petite
» qui, te croyant de son monde, peut se
» forger des idées, qu'il sera cruel de lui
» ôter. Si elle te demande de l'épouser,
» que diras-tu? ... »

Alice eut des larmes aux yeux, et tout bas elle répondait :

— Non, pauvre bonne âme, il ne m'abuse pas. Je ne vous mettrai pas à cette épreuve; vous n'aurez pas la mortification de vous imposer une actrice pour belle-fille...

Plus loin, cette mère se plaignait un peu pour son compte; depuis tant de mois qu'il faisait de si rares et si courtes apparitions à Marseille.

— A Marseille?... se dit Alice. Il ne m'a jamais dit qu'il allât à Marseille.

Par un brusque mouvement, elle tourna la page, et courut à la signature.

Elle crut rêver en lisant ;

« Ta mère,

» VEUVE CAUDHEILLE. »

Étourdie un moment, une joie excessive l'illumina tout à coup. Elle s'élança vers le jeune homme, qu'elle éveilla, qu'elle étouffa sous ses baisers.

— Ainsi, c'est vous... C'est toi, répétait-elle... toi !...

Et elle riait ; elle pleurait tout à la fois, agitée, insensée, mais si heureuse ! Puis, plongeant son regard dans le sien :

— Fou ! s'écria-t-elle avec passion ; je t'aime à plein cœur ! Je suis ta chose; fais de moi ce que tu voudras.

Il en fit *Alice-la-Mioche*, croyant la satisfaire,en lui faisant mener la grande vie courtisanesque.

Pour elle, qui ne voyait que lui au monde, elle obéit sans raisonner, s'amusant parfois, s'ennuyant souvent aussi, dans cet appartement princier de la rue de l'Arcade, mais l'aimant tant qu'elle pouvait.

De son côté, à lui, même constance; ainsi que sa fin le prouva. En effet, pour un mot dit sur elle, il provoqua un camarade, qui le tua d'un coup d'épée. Et dans son appartement de garçon, on trouva parmi ses papiers, un testament en bonne forme, qui instituait Alice sa légataire.

Au moment où commence ce récit, il y avait dix-huit mois de cela, et les familiers de la maison n'avaient pas encore vu de successeur au malheureux fils de la veuve Caudheille.

III

Ainsi qu'elle l'avait dit, la comtesse d'Iosk avait affaire.

En sortant de chez Alice, elle dit à son mari d'aller l'attendre, dans un café du boulevard, et en dépit d'une certaine corpulence, qui lui rendait la marche essoufflante, elle se dirigea vers la rue Blanche, qu'elle quitta à l'entrée, pour gravir la pente ardue de la butte Pigale.

Arrivée à la rue Labruyère, elle s'arrêta un moment, pour jeter un coup d'œil ému vers les sommets, assaillie de ces souvenirs attendris, qui nous reviennent en foule à l'aspect des lieux où notre première jeunesse s'est passée.

Euphémie avait habité, durant de longues années, sur ces hauteurs ; années de gêne insoucieuse, pendant lesquelles sa rare beauté lui avait valu une sorte de royauté sur la population spéciale de l'endroit.

Elle se revit, comme en cet heureux temps où l'on ne dînait pas tous les jours, mais où l'on régnait en souveraine par la jeunesse, la gaieté et l'éclat.

Un soupir qu'elle ne put maîtriser trahit sa mélancolie.

Toutefois, se rappelant, non qu'elle était comtesse, mais qu'elle n'était plus ni jeune, ni belle, elle fit un pas pour continuer sa route, quand d'un cinquième étage, une fillette, enroulée dans un crêpe de Chine, qui n'était plus d'aucune couleur, se penchant sur la rampe du balcon, appela :

— Madame Alfred ! madame Alfred !...

Sur le pas d'une boutique de blanchisseuse, une grosse commère parut.

— Qu'est-ce que tu veux ? demanda-t-elle.

— Eh bien ! et ma chemise ? répliqua l'autre ? Quand est-ce ? Il faut que je sorte, moi !...

Euphémie sentit son cœur se dilater. Elle aussi avait appelé madame Alfred, livrant sans vergogne aux passants le secret de la pénurie de sa lingerie.

Cédant à un instinct irrésistible, elle se détourna de son chemin pour parcourir ce bout de rue, qui restait dans ses idées à l'état de paradis terrestre, de paradis perdu !

Dès les premiers pas, elle reconnut le terrain. L'atmosphère l'engloba, elle ressaisit l'autrefois tout entier, reconnaissant les moindres choses, avec une impression profonde.

Vous souvient-il d'avoir revu le sentier fleuri que vous parcouriez, en rêvant, au temps béni des premières amours ?

Cela était même chose pour elle.

Ce coin de rue, que vous avez peut-être traversé cent fois, indifférent et distrait, sans y rien remarquer, résumait son passé, ses regrets ! Et qu'il lui semblait attrayant ! Et qu'elle enviait les créatures qui lui avaient succédé.

Endroit curieux, au surplus étrange, que l'on ne connaît guère en somme.

Et dire qu'il y a des gens qui sont possédés du diable, pour aller parcourir les déserts et les forêts vierges, à la recherche de mœurs bizarres.

Les crocodiles et les sauvages ont beau s'en régaler assez souvent, il s'en trouve toujours de nouveaux qui partent alertes et gaillards, sans se douter du destin qui les attend, et dont ils fournissent le menu, sans même être convives.

A moindres frais, comme à moindres risques, ils pourraient si bien trouver ce qui les passionne, c'est-à-dire des mœurs étonnantes, à la fois burlesques et tragiques, dans cette vieille capitale, qu'ils croient connaître sur le bout du doigt.

Le cœur vous en dit-il ? Laissez-là passeport, plaid et valise, levez-vous un jour de bon matin, et, sortant avant le déjeuner, dirigez vos pas de ce côté.

Mais, déjà, vous faites la grimace. Vous avez tant lu de choses sur le monde, qu'on propose ici, à votre observation : Gavarni, Murger, Roqueplan, Louis Lurine; et tout un clan de vaudevillistes, du feuilleton, du crayon ou du théâtre, vous ont donné la topographie de ces régions ! C'est connu comme le loup blanc! Vous le pensez du moins.

Non. Les uns et les autres ne vous ont rien appris d'exact. Tous gens d'esprit et fantaisistes, ils ont idéalisé, poétisé leurs relations. Rien de vrai, rien de *positif* dans l'acception scientifique et philosophique du mot.

Montez, montez toujours vers ce Nouveau-Monde, dont il vous est encore loisible d'être le Christophe Colomb.

A première vue, rien qui frappe l'attention. Ce sont quelques maisons meublées, trois hôtels aux fenêtres garnies de verdure étiolée. En bas, des boutiques, comme toutes les boutiques imaginables : épiciers, fruitières, marchands de vins, boulangers, bouchers, etc.

Et pourtant, ce coin, cet espace, sont comme la patrie d'une peuplade spéciale qui a là ses us et coutumes, qui se sent maîtresse du sol et s'y comporte à son idée, affranchie du décorum qu'elle revêt en passant les frontières.

C'est l'une des plages du pays du Tendre moderne, où s'échoue chaque jour la vertu inconsciente des filles de petits bourgeois et d'artisans, attirées par des sirènes hors d'âge, prêtresses fatiguées de la Vénus impudique, réduites à la condition de courtiers-marrons.

Voyez-vous cette jeune femme à la tignasse ébouriffée, qui traîne sur le pavé gras des babouches de satin éraillé? La veille, vous l'avez rencontrée à Mabille ou au Cirque des Champs-Elysées. Jolie, coquette, soignée dans sa mise, vous l'avez trouvée séduisante. Vous l'avez vue monter en voiture et s'y installer avec grâce; vous l'avez peut-être aperçue, plus tard, dans la grande salle de la Maison-Dorée, suçant une aile de perdreau avec des précautions de comtesse.

Ce matin, ses bas, d'un blanc douteux, font la vis de pressoir sur ses tibias. Elle laisse traîner derrière elle un long jupon à volant frippé, ou quelque jupe de moire antique maculée de taches sordides ; sur ses épaules une camisole débraillée, qui laisse voir l'entre-deux d'une chemise de batiste brodée : des luxes insolites alliés à des misères écœurantes, où la propreté fait défaut.

Elle n'a peut-être pas seize ans!

Suivez-la. Sa première visite sera pour le coiffeur, un type qui tutoie ses clientes, dont assez souvent il est plus que le confident et presque toujours le créancier. Elle lui remet un paquet renfermé dans un vieux journal. C'est son chignon, ses anglaises, sa natte, qu'il va peigner, friser, disposer, pendant qu'elle ira déjeuner à la crèmerie voisine, après avoir, c'est l'ordinaire et combien caractéristique ! consulté le pharmacien.

Jusqu'à midi, vous verrez certains industriels pénétrer dans chaque maison. Ils saluent familièrement le portier, embrassent les enfants et font parfois un petit cadeau à « sa dame. »

Sortes de marchands à la toilette, il n'est pas de transactions auxquelles ils ne se prêtent de bonne grâce, à des conditions inusitées autre part.

Le plus en crédit de la corporation, c'est Barbillon, un homme d'une cinquantaine d'années, marié, père de famille et très régulier dans ses paiements à la Banque. Il est en quelque sorte le banquier de la localité : mobilier, lingerie, robes, bijoux; il fournit tout ce dont sa clientèle a besoin, neuf ou d'occasion; jamais au comptant, quoique sans références, et seul au monde peut-être, il accepte des signatures qui, légalement, n'ont jamais rien valu du tout.

Pourtant, nulle ne se risque à le tricher. Il sait toujours retrouver ses débitrices. Elles ont trop besoin de lui, au surplus, de son argent, de ses fournitures et de ses conseils, seule chose qu'il ne vende pas.

La plus grande peine qu'on puisse lui faire est de l'obliger à montrer les dents. C'est qu'il les aime, ces créatures insensées et fantasques, qui lui ont fait faire une fortune.

Celui-ci, celles-là, sont exactement les naturels de ces latitudes parisiennes. Il y a organisation sociale entre les uns et les autres, objectif commun, contrat tacite, tout au moins.

Mais, en dehors de l'élément galanterie, qui est le pivot primordial de cette tribu, n'imaginez rien de cynique, aucun sentiment de révolte en ces âmes avortées. La faculté d'appréciation leur manque.

Ils vivent ainsi sans plus de scrupules qu'une carpe, tâchant uniquement d'agrémenter leur existence du jour. Ils se croyent dans le droit et dans la justice, ne demandant ni pourquoi ni comment ils sont ainsi, quand d'autres sont autrement, et ils parlent d'honneur, de probité et de vertu, tout comme on fait dans tous les

Paris. — Imp. Dubuisson et Cie, rue Coq-Héron, 5.

centres; ne se doutant seulement pas qu'il y ait des gens qui fulminent contre eux, dans des écrits, dont, au surplus, ils n'ont jamais eu connaissance.

Et si vous avez tant fait que de venir jusque-là pour voir et vous instruire, allez au fond des choses, vous ne perdrez pas votre temps; car il n'est jamais sans intérêt de suivre la créature humaine dans ses manifestations. Je vous le répète, ce monde est inconnu. Les plaidoyers, pour et contre, qui fourmillent en librairie, sont tous entachés de fantaisie, et vous ne saurez qui s'est le plus éloigné de la vérité, de ceux qui, poussés par la manie de la réhabilitation, ont prêté des scrupules courants à ces femmes, ou de ceux qui leur ont reproché de manquer de cœur.

Réhabiliter qui? réhabiliter quoi? contre qui ou quoi s'évertuer? Regardez-y de près, ce sont des êtres inconscients, pour qui la notion la plus élémentaire du bien et du mal est et doit rester lettre close.

Ce qui frappe, c'est l'étonnement à la constatation du nombre extraordinaire de gens établis : négociants patentés, réguliers, bons époux, bons pères, voire excellents citoyens, qui exploitent ces individualités hors classe.

Depuis le coiffeur qui est, si non un ami, du moins un intime, jusqu'au grave propriétaire de l'immeuble où nichent ces pastourelles d'amours banales, tous les exploitent avec des procédés d'une effronterie singulière; et tous aussi, en vue du rapport pécuniaire de l'opération, tous favorisent leurs... (comment dirais-je bien?) leurs *agissements*.

C'est un architecte, diplômé, qui les construit ces nids spéciaux, et il les construit en toute connaissance de cause. Sérieusement, avec probité professionelle, il s'ingénie à ménager les doubles sorties, se rendant parfaitement compte des nécessités des futures locataires.

Le propriétaire, d'ailleurs, en discute l'importance avec une bonne foi remarquable.

Et ni l'un ni l'autre ne rougissent.

Et les honoraires de l'un, les loyers de l'autre, sont considérés comme acquis honorablement. Ils n'en font point mystère; ils s'en vantent plutôt.

On en dotera d'honnêtes filles!

A plus forte raison, les serviteurs subalternes ne regarderont-ils pas à la couleur de leur salaire, ni au genre du service fourni. Ils méprisent pourtant bien haut et bien fort la main qui les rétribue; ils n'ont pas d'injures assez dures pour celles qui, par male chance ou autrement, se laissent endetter envers eux. Sans vergogne, libres d'esprit, faisant même leurs dévotions, ils grugent à cœur joie ces misérables *filles de peine*, dont le vice est leur patrimoine.

Poursuivez vos recherches, Monsieur, qui voulez observer; armez-vous, par exemple, contre les dégoûts imprévus; vous en trouverez qui, sans se douter de leur degré de monstruosité, et poussés par la peur de perdre leur créance, reprocheront à ces courtisanes d'être par moments *paresseuses!*

Comme la comtesse d'Iosk passait devant la maison jadis habitée par elle, le portier l'aperçut.

— Ah! madame Euphémie, s'écria-t-il, entrez donc! J'allais donner un coup de pied jusque chez vous.

— Je suis bien pressée, dit-elle; une autre fois, Alphonse.

— Non, reprit celui-ci. C'est qu'il y a du nouveau dans la maison. C'est des choses d'intérêt!

Ce dernier mot changea du tout au tout les dispositions de la comtesse. Elle entra sous la porte cochère.

Du fond de la petite cour, une vieille mégère édentée, qui fricassait une ratatouille infernale, poussa un cri de joyeuse surprise.

C'était madame Alphonse.

— Julie! cria-t-elle, amène tes frères; voilà madame Euphémie.

Dans l'escalier, on entendit alors un vacarme étourdissant de galoches : sept bambins morveux, pouilleux, crasseux, dégringolaient en grappe grouillante, giflés au hasard, dans le tas, par une grande fille de quatorze ans, jolie, bien faite, et trop soigneusement attifée de nippes défraîchies dans les bals publics par les locataires de la maison.

Tout cela fit irruption dans le trou sombre et fétide qui servait de loge au protier, et où Euphémie s'était installée sur un vieux fauteuil à la Voltaire.

Il fallut lui dire les nouvelles : la chance de celle-ci; le déplaisir de celle-là; la râfle de la police; racontages oiseux pour le commun des mortels, mais du plus haut goût pour elle qui, quoi qu'on fît, vivait toujours de ces éléments d'une vulgarité interlope.

Puis, on en vint à ces choses d'intérêt, qui l'avaient émue tout d'abord : trois appartements étaient à louer!

Elle fit la grimace, c'est qu'elle était propriétaire de la maison, et qu'elle n'entendait point avoir de non-valeurs.

Le pis était que l'une des locataires avait passé par la fenêtre le peu qu'elle possédât, en propre, à des polissons, ses amis, qui avaient tout emporté.

Restaient les meubles, il est vrai; mais ils étaient la propriété de Barbillon, qui était homme à si bien embrouiller les choses, à l'aide de papiers timbrés, dont il jouait comme un ange, que la pauvre Euphémie se sentait roulée par avance, en dépit de son droit.

Quant à la troisième vacance, elle se produisait par suite du congé du plus sérieux, du plus ancien de ses locataires, le jeune docteur Adrien Revel, qui habitait le cinquième étage, avant même que la comtesse achetât la propriété.

— Que lui prend-il? demanda-t-elle. Je n'avais qu'un locataire convenable, et il me quitte. Pourquoi ça?

Les Alphonses ne purent lui répondre, regrettant autant qu'elle le départ du jeune homme, dont ils faisaient le service. On ne l'avait ni contrarié, ni gêné, et, comme à l'habitude, il parlait à peine; on n'avait pas osé le questionner sur les raisons de sa détermination.

Euphémie était furibonde, au total. Qu'un appartement fût vacant, passe. Mais trois à la fois! Encore que l'un le fût par suite d'un déménagement clandestin, elle disait : « A la cloche de bois » — une perte sèche! Malgré tout, c'était encore le congé du docteur qui la contristait le plus.

— Ce n'est pas définitif, dit-elle, en se levant. Je vais lui en parler.

— Il n'est pas chez lui, dit le portier. C'est l'heure de son déjeuner.

— Soit, fit la comtesse, je vais le trouver chez Pavard ou chez Dinocheau.

Deux « restaurateurs » des arts contemporains de ce quartier, peuplé de peintres et de sculpteurs, grands hommes en espérance, qui, à défaut de talent, ont du moins cet estomac blindé de jeunesse et de vitalité, indispensable à ceux qui se nourrissent en ces endroits.

— Allez plutôt chez la mère Nivelon, dit madame Alphonse. Il y a plus de chance de l'y rencontrer.

— Justement, j'y allais, quand vous m'avez arrêtée au passage, répondit Euphémie. Je vais lui parler. A moins de raisons sérieuses, j'obtiendrai qu'il reste.

Elle ajouta quelques ordres de détail, et, reprenant sa course, elle gagna la rue de Navarin.

Vers le milieu de cette rue, au fond de la cour, d'une des maisons de gauche, on aperçoit une porte vitrée, au-dessus de laquelle on lit :

PENSION BOURGEOISE

Ne vous y fiez jamais!

Pour manger impunément ce qui se fricote-là, il faut des vertus organiques qui ne sont pas dévolues à tout le monde. Certes, les premières répugnances surmontées, on parvient à s'y faire; mais le cas n'en est que plus grave. L'imagination et la belle humeur de la compagnie aidant, on finit sans doute par croire qu'on a déjeuné ou dîné; mais c'est précisément comme la calomnie : « il en reste toujours quelque chose! » De mémoire humaine, un œuf frais n'a paru sur la table. Le vin y est à couper au couteau, et il n'est pas autrement rare de trouver des têtards dans l'eau de la carafe. C'est le repaire de la gastralgie chronique, de la gastrite et des affections du pylore.

Pour pénétrer dans les salles, il faut traverser une cuisine, où règne une âcre senteur de graisses rancies qui prend à la gorge, et s'attache aux habits. Sur le fourneau, dans vingt écuelles, enjolivées de bavures anciennes, mijotent des choses innommées, que les clients les plus endurcis ne regardent pas sans frémir.

Certains pensionnaires de vieille date — car tous n'en meurent pas, à vrai dire — ne sont jamais parvenus à résoudre un problème, qui est peut-être bien, après tout, du domaine de la haute chimie : rôti ou ragoût; veau, bœuf ou mouton, poulet même, tout nage dans une sauce identique.

— D'où vient? se demandent-ils, non sans une nuance d'anxiété.

Mais nul n'a pu répondre, et l'énigme subsiste, implacable et terrifiante.

Faute de mieux, du moins une gaieté farouche assaisonne ces mets mystérieux. Ils sont là d'ordinaire une trentaine de jeunes gens, voraces d'espérance, confiants comme des écoliers, qui rient de leur infortune, criant comme des possédés, narguant la terre entière, tant ils sont sûrs et certains d'être, à la fin, de l'Institut.

Ils ont décoré les murs de la salle d'ébauches panachées qui vont « du grave au doux, du plaisant au sévère ». La Vénus y abonde, un peu trop, peut-être; mais la charge domine et dispose à prendre tout du bon côté.

Faciles et de bon sens, ils ont renoncé à se plaindre de l'ordinaire qu'on leur fournit, convaincus de la parfaite inutilité des reproches et s'efforçant de s'amuser, afin de s'en distraire.

A très peu d'exceptions près, ils sont tous artistes. L'étranger y est assez mal venu, et pour qu'ils acceptent une femme à leur table, il faut qu'elle leur ait été présentée.

Parfois l'hôtesse a tenté d'introduire un surcroît de clientèle, pris dans les employés, les commis ou les petits boutiquiers des environs. « Ces messieurs » ne l'ont pas permis, craignant peut-être de voir s'infiltrer dans les habitudes de la maison, une régularité de payement préjudiciable aux traditions du lieu. Officiellement, ils ont prétendu se déplaire dans la compagnie des « bourgeois. »

Quand un de ceux-ci s'y risquait, il n'y revenait guère, tant la réception lui paraissait inquiétante.

A son entrée, chacun s'empressait comme pour lui faire les honneurs de la salle. On le débarrassait de son pardessus et de son chapeau. On lui indiquait la place d'honneur, et celui qui s'improvisait président, essuyait gravement l'assiette et le couvert de l'étranger. Puis, en cérémonie, on plaçait devant lui un cure-dents qui ne semblait pas précisément neuf, en le priant de ne pas l'emporter.

— Il est de la fondation ! lui disaient-ils. C'est le cure-dents des invités.

L'intrus disait-il un mot durant le repas, aussitôt le président, prenant son couteau, battait la mesure. Au troisième battement, trente poitrines de vingt ans poussaient un rire effroyable, qui s'entendait de la rue des Martyrs. Puis, tous en chœur, à un nouveau signe, et reprenant un sérieux imperturbable, ils disaient simplement :

— Assez !...

Au début, l'hôtesse voulut intervenir. Elle entrait dans la salle, les poings sur la hanche, et dans une langue imagée elle les saboulait d'importance.

Personne ne répondait ; on baissait au contraire le nez dans son assiette ; mais la malheureuse femme voyait tout à coup la table monter de quelques centimètres, et onduler de ci, de là, au plus grand risque de la verrerie et de la vaisselle.

C'est ce qu'ils appelaient faire « la mer orageuse. »

Au total, cette clientèle fantasque était infiniment productive. Ces jeunes gens ne comptent guère. Payant très irrégulièrement, les notes remontent loin ; on y fait figurer tout ce qu'on veut, et la mère Nivelon ne méconnaissait point du tout la valeur de ces procédés commerciaux.

Le seul inconvénient est qu'il faut faire beaucoup d'avances, et, par suite, avoir de l'argent comptant. N'en ayant guère à elle, quoiqu'elle eût servi dans de bonnes maisons en qualité de cordon-bleu, elle avait dû prendre de la commandite. Et c'était madame la comtesse d'Iosk qui était son banquier. Une excellente affaire pour celle-ci, qui, insoucieuse des lois, qu'elle ignorait d'ailleurs, tirait de douze à dix-huit pour cent de ses apports.

Ce jour-là était une des époques où les deux intéressées réglaient les comptes, et Euphémie n'était pas femme à remettre au lendemain, quand il s'agissait de toucher de l'argent. C'est pourquoi, en dépit de l'attrait des courses de Longchamps, elle avait quitté ses amis et son mari.

La nouvelle du congé donné par le jeune docteur lui était une raison de plus de ne pas manquer au rendez-vous.

Elle trouva celui-ci tout seul dans la salle, achevant de prendre son café, en lisant le journal.

— Ah çà, dit-elle, qu'est-ce que j'apprends : tu me quittes, docteur ?

Ce n'est pas qu'elle le connût intimement ; mais elle tutoyait volontiers tout le monde, faute de se souvenir exactement du degré de connaissance où elle était avec les gens, et crainte de paraître fière ou impolie, en revenant sur une habitude d'autrefois.

Le jeune homme sourit légèrement et n'attachant, d'ailleurs, aucune importance à ce détail, il répondit sur le même ton :

— Rassure-toi, dit-il, j'ai un remplaçant à te proposer : un de mes amis qui prendrait l'appartement et mon mobilier.

— Soit, fit-elle ; mais je ne te regrette pas moins. Est-ce que tu retournes dans ton pays ?

— Non, répondit Adrien. Toutes mes études sont terminées, et le logement de l'étudiant n'est plus possible.

— A la bonne heure ? fit Euphémie. Tu t'établis ?

Le voyant sourire de nouveau, elle crut devoir protester de ses sentiments envers lui.

— Non ! dit-elle, ce n'est pas banal, je t'assure. J'ai toujours eu de l'estime et de la sympathie pour toi. Tiens, ce matin encore, je le disais à Alice-la-Mioche, qui me demandait de tes nouvelles.

A ce nom, le visage du jeune homme se contracta légèrement. Il eut ce regard trouble et embarrassé des gens qui veulent dissimuler l'impression qui les surprend, et, baissant la tête vers sa tasse de café qu'il remua sans raison, il ne répondit pas.

— Au fait, ajouta Euphémie, elle m'a chargée d'une commission qui m'embarrasse un peu. Dame ! tu sais, cette enfant, elle a bon cœur ; mais elle est timide. Elle aime toujours bien sa mère; mais elle n'ose pas y aller... Cependant, si cette brave femme-là tombait malade?... si elle avait besoin de quelque chose?...

Le jeune homme releva la tête. Il avait repris possession de lui-même.

— Tu lui diras, fit-il, que sa mère est en bonne santé, et qu'elle n'a besoin de rien.

— Je te dis ça, répliqua Euphémie avec un peu de gêne, parce qu'elle m'avait priée, moi qui suis dans une position régulière...

— Tu trouves? fit Adrien en souriant.

— Cette bêtise! dit Euphémie. Je suis mariée, moi, et pour de bon : la comtesse d'Iosk! un vrai nom, tu sais! et puis historique!... Pour lors, elle pensait que sa mère me recevrait de sa part.

— Ne fais pas ça, ma bonne Euphémie, répondit le docteur.

— Pourquoi?

— Tu es trop historique! Je te le répète : Madame Maroteau n'a besoin de rien, ni de personne. Dis-le à sa fille. Dis-lui qu'en aucun cas, à aucune époque, elle n'a à s'inquiéter de sa mère. Je suis là pour la conseiller, la soigner, et lui venir en aide s'il en était besoin, ce qui n'est pas prêt d'arriver.

— Pour la rassurer tout à fait, si tu allais lui dire ça toi-même?

— A qui?

— A Alice.

— Inutile. Ce n'est pas si compliqué.

— Et puis, dit Euphémie, en insistant, ça lui ferait plaisir de te voir; je t'en réponds : elle me l'a dit.

Le jeune homme eut encore un mouvement intérieur, qu'il eut peine à dominer. C'était de la colère. Le sang lui avait afflué brusquement au cœur et ses lèvres avaient pâli.

Il se maîtrisa cependant, et, du ton le plus indifférent :

— Je n'ai pas le temps, dit-il.

Il l'avait adoré! Il avait eu pour elle ce genre d'amour profond et grave, qui est le fait des gens d'études.

Le jour où elle se sauva de chez sa mère, s'il l'avait découverte, il l'eût tuée; il eût fait pis, il l'eût battue, souffletée, comme on frappe un enfant imbécile qui gâche des choses sacrées, qui salit des reliques.

Ah! qu'il passa de nuits à la maudire, à lui jeter, en pensée, des injures écrasantes au visage, avec une rage que rien n'atténuait. Il lui en voulait à mourir. C'était peu que ses espérances, à lui, fussent déçues à jamais; peu que sa douleur personnelle; mais que cette enfant honnête, respectable, pure, allât, de gaieté de cœur, se plonger dans la boue, se vautrer dans la débauche, se jeter au devant de tous les mépris!... Voilà ce qui le rendait furieux.

Il voulait que madame Maroteau usât de ses droits, fît rechercher sa fille, au risque qu'on la lui ramenât entre deux agents de police. Dût-on l'enfermer dans une maison de correction, la déshonorer publiquement, il préférait tout à la pensée que cette vierge, adorée en silence, dans la pénombre grise du réduit poudreux où il se complaisait à l'entrevoir à l'état de madone, que cette idéale créature allait avoir des amants!

Madame Maroteau se borna à faire dire des messes.

Toute son action sur Adrien fut de le calmer, quant aux manifestations extérieures de son indignation.

Puis, le pauvre garçon demanda au travail de le distraire, et il reprit son projet d'être moins un médecin qu'un savant.

Toutefois, pour se créer des revenus, qui lui permissent de supporter les frais qu'entraînent certaines études, il exerça, à petit bruit, dans le quartier; et ainsi il se trouva en rapport avec le monde artistico-galant, qui composait son entourage.

Jeune, facile et d'expérience, il était recherché par ces Sans-soucis qui galvaudent tout ce qu'ils ont, et la santé plus que le reste. On le payait ce qu'on voulait, si l'on voulait, quand on voulait.

Des jeunes gens, d'un train supérieur, qui hantent ces régions de plaisir, lui furent adressés. On le trouva agréable, et, comme on appréciait ses services, on l'adopta dans le clan des viveurs du haut de l'échelle, au point que le docteur Grivel s'en inquiéta.

Mais, édifié sur les intentions de son jeune confrère, il ne vit plus en lui qu'un oiseau de passage, qui pratiquait, en attendant, et n'entendait point se poser en concurrent. Il lui fut dès lors favorable, et assez souvent l'appela en consultation, quand le cas en valait la peine.

Tout Tortoni était de la clientèle d'Adrien, qui, plus d'une fois, dut donner ses conseils dans un cabinet du Café-Anglais. Les *femmes chiques* en raffolaient.

Vivant toujours de même manière, à son cinquième étage, se nourrissant dans les crèmeries du quartier, ou dans les *caboulots* du pays latin, il se constituait une épargne qu'il destinait à des voyages.

Malheureusement tout cela ne le consolait pas de son amour perdu.

La première fois qu'il rencontra Alice, elleétait au bras de Caudheille. Il lui prit l'envie d'aller provoquer celui-ci.

C'était sur le boulevard.

Alice, qui l'avait aperçu, devint livide; ses dents se choquèrent convulsivement, et elle sembla défaillir.

A ce moment, un jeune homme que nous avons vu, au premier chapitre de cette histoire, le dogmatique et trop bel Alphonse Destouche, passa. Il était lié avec Caudheille. Les reconnaissant tous deux, il leur parla et instinctivement les présenta l'un à l'autre.

Par un effort inouï de volonté, Adrien fit bonne contenance. Il ne parla pas à Alice, mais il parvint à la regarder d'un œil calme et indifférent.

Quinze jours après, un de ses clients le fit prier de l'assister dans un duel qu'il avait le lendemain matin.

Adrien se rendit sur le lieu du combat, et aperçut Caudheille qui, devançant l'heure, attendait avec ses témoins.

On se salua.

Puis les autres étant venus, le duel commença.

On sait quelle en fut l'issue.

Adrien, au seul examen de la blessure, constata que Caudheille n'en reviendrait pas.

Il lui vint alors un sentiment irrésistible, qui domptait sa volonté, qui s'imposait à lui, sans lui permettre de le repousser. Ce sentiment se traduisait ainsi :

— Elle est libre !...

Tant qu'il fut près de ce garçon, qu'il ramena chez lui, il lui fut impossible de se délivrer de cette pensée, qui l'obsédait avec une ténacité atroce. Pour s'y soustraire, il fallut qu'il se retrouvât seul chez lui ; qu'il repassât tout le passé, qu'il se mît le cœur à nu. Mille tentations l'éblouissaient. Il souffrait horriblement.

A la fin, rassemblant toute son énergie, il se leva, essuya son visage, qui, pour la première fois, à ce sujet, s'était baigné de larmes; puis, sûr de lui-même, ne s'illusionnant pas sur la place qu'occupait encore cet amour, en son âme endolorie, il se résuma en un seul mot :

— Jamais!...

A quelques jours de là, il apprit qu'Alice était prise d'une fièvre cérébrale, dont son entourage se montrait fort inquiet.

Par surcroît, Grivel la soignait!...

Il s'interdit d'aller la voir.

Le mal s'aggravant, la jeune fille le pria de venir.

Supposant qu'elle était à toute extrémité, il céda et se rendit à son chevet.

Le docteur Grivel l'attendait.

La malheureuse était dans un état profondément alarmant. Au sentiment d'Adrien, il fallait agir promptement et avec une grande énergie. Grivel, lui, qui n'y voyait à peu près rien, et ne savait que faire, au surplus, ne prescrivait que des médications calmantes, dont le jeune docteur appréciait la parfaite inutilité.

Un combat déchirant se livra dans sa conscience pour repousser la tentation de s'abstenir, de l'abandonner, de la laisser mourir.

Heureusement l'humanité reprit le dessus, et attirant Grivel dans le salon voisin, il lui proposa une action énergique.

— Votre avis m'y décide, mon cher ami, répondit Grivel. J'hésitais, je l'avoue, à recourir à cette extrémité...

De fait il était enchanté que son jeune confrère lui eût indiqué quelque chose à faire : il y avait perdu son latin.

Adrien, qui n'en fut pas dupe, l'assista durant la suite du traitement; grâce à lui, la convalescence vint.

Il disparut alors.

Alice le pria de la recevoir chez lui, pour qu'elle le remerciât.

Il se présenta chez elle, la traita doucement; mais il ne la laissa pas faire l'ombre d'une allusion au passé.

Elle lui parla de sa mère. Il ne répondit même pas.

Par la suite, ils se rencontrèrent quelquefois. Sa tenue, à lui, fut celle d'un homme courtois et bienveillant, qui veut rester à distance. Il semblait qu'il n'eût jamais connu l'Alice d'autrefois.

Sa volonté, sa plus ferme volonté, était que cette fille ne se doutat jamais de l'amour dont elle avait été l'objet, du culte plein de respects, qui lui avait été rendu, dans le secret de l'âme d'un garçon de bien.

Mais, soit que les êtres aimés aient l'intuition des sentiments qu'ils inspirent, soit que la réserve du jeune docteur fût excessive, il se produisit tout le contraire de ce qu'il souhaitait.

Alice le devina.

Cependant, ce n'était qu'un instinct. Elle remua ses souvenirs, elle raviva tout ce passé, jadis si monotone, maintenant douloureux. Elle se rappela des mots, des réticences, des attentions de son ami d'enfance. Il lui revint en mémoire des détails alors insignifiants.

Elle apprit qu'il n'avait pas abandonné la veuve Maroteau. Comme jad s, il y allait de temps en temps, le soir. Le dimanche, il l'obligeait à l'accompagner à la promenade. Il surveillait toujours la gestion du cabinet de lecture.

Elle comprit, à la fin, ce qu'elle avait perdu. Et puis, elle prit à mesure plus de plaisir à s'occuper de lui, et il lui sembla qu'elle se réhabiliterait en lui rendant, au centuple, un amour qu'elle avait méconnu, et qui désormais était absolument sans issue.

Sur ce point, elle n'avait pas à se bercer d'illusions. Connaissant le caractère d'Adrien, comprenant sa réserve, il était clair que tout rapprochement était à jamais impossible. N'importe ! elle se permit de l'aimer ; elle se complut dans cette passion stérile à tous les points de vue.

A tout prendre, sa liaison avec le malheureux Caudheille n'avait été qu'une galanterie, jusqu'à un certain point poétique, dans le domaine de la fantaisie. L'amour ne s'accommode pas de ces atmosphères, qui sont propres seulement à ce que ces gens appellent « la noce ». Elle et lui ne s'étaient pas aimés.

Elle crût qu'elle avait encore dans le fond de son âme, non atteinte jusqu'ici, assez de puretés pour y loger un amour absolument idéal et secret. Cela lui plût à penser, du moins, et elle se livra tout entière au charme qu'elle en ressentait.

Se tenant pour indigne, elle se jura de mourir sans avoir jamais laisser percer ses sentiments, et elle s'imagina qu'elle était moins tombée.

Sous l'empire de cette idée, elle projeta de changer d'existence. Mais que faire ? Près de qui se réfugier ? Dans quel milieu ? Elle eut beau chercher, elle n'en découvrit aucun où elle pût se faire tolérer; aucun où elle pût se repaître en paix de son rêve.

Et puis, c'eût été renoncer à l'apercevoir, ce qui lui était une joie précieuse, à moins toutefois qu'Adrien, touché de son renoncement et de son repentir, ne vînt l'arracher à sa retraite.

Mais non ! c'était, là, accueillir une espérance, si lointaine et improbable qu'elle fût, et Alice en était venue à se dire, comme lui :

— Jamais !

Rester dans le monde galant, tout en se gardant chaste, lui paraissait la conduite la plus pratique. C'était maintenir, insurmontable, la barrière qui les séparait ; elle voulait qu'il n'y eût pas, dans son esprit, la possibilité d'une arrière-pensée ; elle voulait se purifier par l'amour idéal.

C'était peut-être bien une absurdité qu'elle caressait là. Et, pour moi, je serais fort embarrassé, s'il me fallait expliquer le mécanisme de raisonnement, par lequel elle pensait purifier, quoi que ce fût en exécutant ce beau projet. Mais, on l'a dit, elle était toute jeune; elle avait beaucoup lu de romans, et les poëtes, qui sont ferrés sur tout cela, en font avaler bien d'autres, aux personnes qui s'y prêtent un peu.

Quoi qu'il en soit, c'est à cette résolution qu'il fallait attribuer la conduite d'Alice, et surtout l'absence de successeur au pauvre bêta, qui s'était fait embrocher à son sujet.

La seule chose certaine est que, sans cela, elle y eût eu un certain mérite : car il n'est pas d'hommages qui ne lui fussent adressés par tout ce qui a, pour première occupation d'aimer, à Paris.

Les malins n'y croyaient qu'à peine, d'ailleurs. Et tout le premier, son ami, l'homme d'esprit au poil roux, disait :

— Il y a quelque chose là-dessous ! Vous verrez qu'un beau jour on découvrira qu'elle aime son coiffeur !...

IV

A l'issue du déjeuner d'Alice, Alphonse Destange et son ami, l'homme d'esprit, se prirent le bras, afin de retrouver d'autres jeunes gens, en compagnie de qui, ils se rendraient aux courses.

Le rendez-vous était au café du Helder, un des quartiers généraux du monde galant; j'entends pour la partie masculine.

Cet endroit qui, avec le café d'Orsay et le café Hollandais, au Palais-Royal, est surtout fréquenté par de jeunes officiers de l'armée française, semble douer les habitués, d'un petit cachet militaire, qui plaît infiniment à certains viveurs.

Vous les reconnaîtrez à une façon de se vêtir, d'incliner le chapeau sur l'oreille, de tenir la main dans une poche du pantalon à la manière des officiers de cavalerie. Ils portent exclusivement la moustache et se font tailler les cheveux à l'ordonnance. Quelque fleurette rouge, passée à la boutonnière, joue le ruban de la Légion d'honneur à distance, et ils ne sont pas autrement fâchés que l'on confonde. Tout ce qui est équitation, escrime, tir, les touche infiniment.

Ils aiment les exercices de force et d'adresse, avec un peu de discipline. C'est parmi eux que vous trouverez les canotiers de Chatou et de Bougival ; spécialité qui leur vaut des médailles nautiques, dont ils sont aussi fiers que d'un brevet de capacité.

Mais tous ne sont pas d'une fortune à mener le train de la vie à grandes guides. Là, fleurit le *viveur nécessiteux*; un type des temps modernes, où l'apparence, les besoins factices, le *chic*, et, pour répéter ce mot vulgaire, qui définit exactement l'époque : la *noce*, priment toute aspiration.

Alphonse Destanche en était de cette catégorie de faux « enfants prodigues »

L'homme d'esprit, « Cadet-Rousseau, » comme on l'appelait, en raison de la nuance de son poil, en était de même; mais c'était par suite d'une avarice finaude et pratique, qui lui faisait apporter un ordre excessif et méticuleux, dans ses déréglements. Il écrivait soigneusement ce que lui coûtaient plaisirs et maîtresses. Personne mieux que lui ne savait composer le menu d'une orgie, marchander les folies, repasser une addition. De toutes les parties attrayantes, il s'arrangeait de façon à ne payer que son écot strictement, ne réglant jamais lui-même, de crainte de s'embrouiller dans les comptes, ou de se laisser subtiliser un trop fort pourboire au garçon. Pour une simple course de fiacre, même, il tâchait de trouver un camarade qui eût affaire où il allait, afin de n'avoir à sa charge qu'une moitié des frais.

Le plus complet d'entre ceux-ci était un garçon d'environ trente-cinq ans, qu'on avait surnommé « Ben-Chi-Chef, » à cause d'un congé qu'il avait fait aux spahis.

Fils d'un assez haut fonctionnaire, il avait été, au début, employé à l'Instruction publique, et comme la plupart de ses semblables, il n'avait vu là qu'une sinécure plus ou moins assujétissante. Comptant bien s'en débarrasser un jour, il n'allait guère au bureau que pour en prendre l'air, dédaigneux de la position qu'il eût pu s'y faire en travaillant. Son père n'était-il pas riche?

A la mort de celui-ci, on vit le contraire. Histoire banale des employés! La liquidation mit dans les mains du jeune homme, une somme de quarante-quatre mille francs nette, mais sans plus.

Il était amoureux fou d'une femme qui avait voitures. Il n'hésita pas et exécuta le singulier projet de vivre un an en grand seigneur avec elle ; puis, au dernier billet de cinq cents francs, il s'engagea en Afrique.

Il est convenu qu'il y a une certaine poésie dans le fait de l'engagement en Afrique. C'est « fils de famille », c'est « mauvais sujet » en diable.

Le programme idéal suppose quelque action d'éclat qui procure l'épaulette en peu de temps. Mais, comme en toute chose, la réalité est plus terne. Il s'agit surtout de panser le « poulet d'Inde », d'astiquer le fourniment et de balayer l'écurie. Le dégoût, le regret et le soleil en tuent bon nombre de ces niais désillusionnés. L'absinthe se charge des autres.

A force de supplications, et grâce au crédit accordé à la mémoire de son père, on le tira de là, pour lui rendre les douze cents francs par an, attachés à la place dont il s'était démis. C'était désormais son unique ressource, quoiqu'il grugeât un peu, de temps en temps, sur la pension que touchait sa mère: pauvre femme tombée des splendeurs administratives à la maigre retraite des veuves d'employés de l'Etat.

Un autre eût peut-être profité de la leçon. Lui, qui n'était qu'une bête, s'obstina à rester dans ce monde de plaisirs, où il ne pouvait être désormais qu'un parasite.

Cependant, si borné qu'il fût, il n'était pas sans honneur, à des points de vue spéciaux. L'attitude d'un pique-assiette l'eût humilié. Pensant sauvegarder sa dignité, il se condamna au rôle de Tantale. Il resta dans le monde *noceur* sans faire la *noce;* viveur *in partibus*, n'acceptant jamais rien, et suivant tout le monde.

En cinquième dans les parties carrées, il passait une partie de la nuit dans les cabinets du Café Anglais ou dans ceux de la Maison-Dorée, sans prendre sa part du souper.

Au Helder, à Tortoni, à Madrid, il ne consommait pas, et ne s'asseyait que s'il trouvait quelque camarade attablé.

Tous les jours de beau temps, on le trouvait aux Champs-Elysées, arpentant l'avenue, la badine à la main, le camélia à la boutonnière, fumant des cigarettes qu'il fabriquait d'avance au ministère.

Tous ses appointements passaient à son habillement. Il dînait chez sa mère et déjeunait d'un petit pain au bureau. Quand on l'apercevait au bois, c'est qu'un ami lui avait offert une place dans son phaëton. Jamais il n'y venait en voiture de louage. Et prendre le chemin de fer n'est pas *chic*.

Ayant toujours cent sous dans sa poche, il était en mesure de ramener en coupé, quelqu'une de ses amies, rencontrée seule par hasard à Mabille, au Cirque ou chez Cellarius, où il avait ses entrées gratuites, grâce à de petits services rendus, par l'entremise de camarades qu'il avait à la préfecture de police, et aux différents ministères.

En habit noir dès le dîner — c'est de règle dans le monde-*chic!* — ce qu'il prenait de précautions pour ne pas tacher sa chaussure, était inouï, et le talent qu'il avait pour nettoyer les gants eût pu lui procurer des revenus magnifiques.

Quant « aux besoins du cœur! » dam!.. c'était le plus dur. Toutes ces femmes, en compagnie de qui sa vie se passait, ces créatures, séduisantes en somme, qu'il frôlaient perpétuellement et qui l'admettaient, d'autant plus aisément, dans leur intimité, qu'il se posait strictement en ami, ces femmes, dis-je, lui causaient des vertiges atrocement douloureux. Mais, ne voulant leur rien devoir, il restait bon gré, mal gré, maître absolu de lui.

La seule faiblesse qu'il eût, c'étaient les courses de chevaux. Oh! alors, il n'y avait plus de vertu. Il fallait qu'il y assistât, et qu'il y assistât dans les conditions de *chic* indispensables au sportman. Il fallait qu'il s'y rendît en poste, et qu'il pénétrât dans l'enceinte du pesage.

Alphonse et Cadet-Rousseau le trouvèrent au Helder, en y arrivant. Ces messieurs, lui, et d'autres viveurs du même calibre économique, s'étaient cotisés pour freter le grand breack de Brion. Quatre chevaux, à collier de grelots, attendaient au bord du trottoir, et les passants endimanchés s'arrêtaient, convaincus que l'on allait voir défiler des princes.

— Arrivez donc! dit Ben Chi-Chef impatient. Nous serons en retard.

— On est donc au complet? demanda Alphonse.

— Oui. Et j'ai fait le compte : c'est cinquante sous chacun.

Comme on voit, ils entendaient le *chic* à bon marché.

Sur quoi, on s'installa dans le breack, s'empilant un peu, il est vrai, mais fier et ravi de l'attelage, du voile vert qu'on avait au chapeau et de la carte d'entrée pendue au bouton de la jaquette.

Ben-Chi-Chef monta sur le siége, et, rassemblant les rênes, plantant son fouet sur sa cuisse, il lança ses bêtes sur un simple appel de langue.

Il resplendissait d'une joie qui n'est pas à la portée de l'entendement du commun des mortels. Son orgueil, sa vanité s'épanouissaient outre mesure. Il était un homme *chic*... pour cinquante sous.

Rue Royale, ces messieurs rattrapèrent la victoria d'Alice. Ben-Chi-Chef se maintint un moment à côté. On échangea quelques mots.

— Compliment! lui dit Ben-Chi-Chef, en désignant du regard le nouveau cocher de la jeune femme.

Eugène fut touché au plus profond de l'éloge d'un tel connaisseur, et il ne s'en tint que plus raide.

A ce moment, un phaéton qui débouchait de la rue Rivoli, fit mine de couper la file, en passant au ras des deux voitures, pour gagner l'avenue Gabrielle.

— Hèpe! fit Eugène, en retenant son cheval.

Mais Ben-Chi-Chef, faisant la manœuvre contraire, rendit la main, en inclinant légèrement les deux chevaux de la flèche, en sorte que ce fut lui qui coupa à ras le phaéton, obligeant celui qui le conduisait, à suivre le mouvement et à prendre rang, dans le sens de la file, qu'il avait prétendu couper.

Celui-ci jeta un regard de mauvaise humeur vers les gens du breack.

— C'est Steïnburg, dit Cadet-Rousseau.

Seul, Alphonse Destanche qui, on s'en souvient, avait défendu le Bavarois chez Alice, seul, dis-je, il le salua.

Alice ne put l'apercevoir, la manœuvre de Ben-Chi-Chef ayant placé le breack entre sa voiture et celle de l'étranger.

Un peu plus loin, une éclaircie s'étant produite, Eugène inclina vers la droite et enfila l'avenue Gabrielle, que le phaéton n'avait pu atteindre.

Tout cela qui, en soi, est absolument oiseux, constituait pourtant un incident pour ces personnes. Les gens du breack, et particulièrement Ben-Chi Chef, étaient triomphants. Par contre, l'Allemand se se sentait mortifié. Quand à Eugène, il riait de contentement, dans sa cravate.

Au champ de courses, il conta l'aventure à des cochers de ses amis, qui le félicitèrent, et Ben-Chi-Chef n'en faisait ni plus ni moins, recevant félicitations identiques de sportsmen de ses amis.

En fermant les yeux, tous cochers.

Une chose pourtant dominait : l'antipathie générale à l'égard de Guillaume Steïnburg. Maîtres et valets étaient enchantés également, du déplaisir que Ben-Chi-Chef lui avait procuré. Celui-ci fut attiré ici et là, pour conter la chose en détail, ce à quoi, comme on peut croire, il se prêtait mieux que volontiers, enjolivant à mesure davantage ; si bien qu'au bout d'une heure, il n'était question, dans les voitures, que du nouvel affront reçu par cet « individu ».

Les femmes étaient de même contre lui, et l'une d'elle, une vilaine et déjà mûre Anglaise, qui jouissait d'une célébrité inexplicable, répéta cette espèce de vague menace, que le docteur Grivel avait fait entendre au déjeuner d'Alice :

— Défie-toi, Ben-Chi-Chef, dit-elle, il est capable de profiter de cela, pour t'obliger à avoir une affaire avec lui.

— Quand il voudra! dit l'ancien spahis, en simulant un moulinet.

— Non, non! firent les autres en chœur. Il ne faut pas lui donner cette satisfaction. C'est son jeu. Il veut s'imposer par l'intimidation.

Les courses furent ce que sont ces choses-là : un prétexte à ripailles, et, à paris, une exhibition de toilettes, d'attelages et de prétentions de toutes natures ; une solennité un peu monotone, que n'agrémenta même pas, cette fois, la ruptur des reins d'un jockey. Puis, la dernière course courue, le défilé en sens inverse commença.

Les voitures n'étaient plus précisément composées comme à l'arrivée ; telle de ces dames *chiques*, partie en calèche, revenait en coupé. On parlait un peu haut ici et là ; on s'interpellait d'un équipage à l'autre, et l'on voyait quelques goulots de champagne apparaître au-dessus des portières. Il y avait du bruit, du mouvement, de l'entrain, et certains jouvenceaux de l'Aveyron ou du Cantal, se raidissaient si bien sur leur monture, qu'ils finissaient par se croire les fils pur sang de l'hippique Albion.

Alice-la-Mioche revenait seule, comme au départ, dans sa victoria. Ce n'est pas que les invitations lui eussent manqué, ou qu'on lui eût ménagé les hommages. « Tous ces messieurs » — expression qui équivaut au « tout Paris » du monde artistique — tous ces messieurs, dis-je, étaient venus la voir et lui serrer la main, la priant à des parties organisées en bande, pour la soirée.

La sœur d'Eugène, surmontant la contrariété de la présence de son frère, vint lui offrir de dîner chez Bignon, avec des membres du *Mirliton*, pour aller ensuite faire un baccarat chez elle.

Alice refusa tout.

— Non, disait-elle, je suis fatiguée; et puis j'ai l'abomination du dimanche. Je me coucherai à neuf heures.

La chose parut si anormale qu'on en rit comme d'un bon mot.

Elle revint donc seule.

Parvenue au lac, et voyant l'encombrement :

— Prenez par Auteuil, dit-elle à Eugène. Nous aurons moins de poussière.

Le cocher tira sur la droite. De ce côté, les allées étaient presque désertes. Le cheval énervé, par les fréquents arrêts de la file, arpentait le terrain d'un trot rapide.

En traversant une allée, Eugène aperçut le phaéton de l'Allemand, qui se dirigeait vers l'avenue que suivait la victoria.

Il n'y fit pas plus d'attention qu'il ne convenait. Cependant, un moment après, le pas des deux alezans du phaéton, lui parut se rapprocher. Comme tout bon cocher de maître, il avait l'amour-propre de ne pas se laisser *brûler*. Instinctivement, il rendit la main, afin de garder son avance. Steinburg parut stimuler son attelage, et Eugène se piqua au jeu.

Malgré tout, l'Allemand était dans de bonnes conditions, pour le gagner de vitesse. Son intention de rejoindre la victoria était manifeste, car il avait pris son fouet en main et le faisait siffler, en fendant l'air à quelques pouces de l'encolure de ses bêtes.

Mais Eugène souriait intérieurement. Devant lui s'ouvrait une allée qui, se détachant de la large avenue, coupait en diagonale jusqu'à la porte d'Auteuil. Cette allée relativement étroite permettait, en inclinant légerement de gauche à droite, et *vice versâ*, de restreindre assez l'espace, pour que le phaéton ne pût jamais passer. Mais le Bavarois ne devinerait-il pas la pensée du cocher?

Comme pour le tenter, Eugène, en s'engageant dans cette allée, mit son cheval à une allure presque lente. Steïnburg s'y laissa prendre, et il enfila l'allée d'un trait.

Dès lors, le défi était porté, et Eugène, mettant son cheval bien en main, joua serré, gardant une vitesse moyenne, qui permit au phaéton de le rejoindre en quelques minutes.

Mais rejoindre n'était pas tout, il fallait passer! Vingt fois, Eugène s'écartant de l'un des côtés, offrit le passage, et dès que l'autre faisait mine d'en profiter, il le serrait de plus près en plus près, de telle sorte que l'un des alezans était presque frôlé par la roue, ce qui obligeait Steïnburg à ralentir et à suivre derrière, toujours derrière! sans pouvoir passer jamais de droite ou de gauche.

Eugène était ravi. Malheureusement, l'allée n'était pas longue et aboutissait dans un carrefour, où le solide attelage de l'Allemand devait finalement *brûler* la victoria. Un seul moyen pouvait empêcher cela. Il fallait qu'au débouché de l'allée, la voiture d'Alice, ayant livré passage franchement, tournât brusquement, presque à angle droit, et, passant sous le nez des chevaux, obligeât Steïnburg à s'arrêter net.

Dès lors, lancé à toute vitesse, Eugène gagnait la grille du bois et la franchissait le premier, ce qui était, dans son idée, le but de cette sorte de course au clocher; un jeu non sans risques, à vrai dire, mais qui n'en est que plus fréquent entre cochers de maître et amateurs.

Son plan fait, Eugène n'eut plus qu'une crainte : qu'Alice, effrayée ou plus sage, n'intervînt. Ce n'est pas l'ordinaire. Les « femmes à voitures » — cocottes ou cocodettes! — se passionnent en telle circonstance. On en voit, assez souvent, qui, de la voix, encouragent le cocher, au risque de briser la voiture, *d'emballer* le cheval ; et de se rompre les os.

Mais Alice n'était point à la situation. Etendue, les yeux demi clos, elle suivait ses pensées, indifférente au mouvement extérieur, et d'autant plus absorbée que la vitesse du parcours lui procurait une sorte de vertige, qui n'était pas sans charme.

Tout à coup, un choc violent la fit se redresser, sous l'empire de l'instinct de conservation subitement éveillé.

Eugène avait suivi son plan. Mais le Bavarois, furieux, une fois dans le carrefour, avait cinglé ses chevaux à tour de bras et était arrivé à la grille en même temps qu'Eugène. Tous deux s'y étaient engagés ensemble ; mais, soit maladresse, soit brutalité nationale, l'Allemand avait serré la victoria, de telle sorte que la roue de derrière accrocha la borne.

Les deux voitures s'étaient arrêtées.

D'un seul mouvement, Steïnburg jeta les rênes à son valet de pied, et sauta en bas du phaéton, s'approchant d'Alice, le chapeau à la main, et s'excusant.

On se souvient qu'Alice ne partageait pas l'antipathie dont ce garçon était l'objet de la part de son entourage.

— Ce n'est rien, dit-elle, avec l'affabilité qui lui était facile.

Cependant, après examen, il se trouva que l'essieu était faussé. Impossible de continuer. Elle parla de prendre un fiacre. Mais, le dimanche, les fiacres sont rares. Pas un à la station. Steïnburg offrit de ramener la jeune femme dans son phaéton. Et, comme elle refusait, disant que le chemin de fer était proche :

— Je ne me permettrai pas d'insister, répondit le Bavarois. Je comprends que vous ne teniez pas à vous montrer dans la compagnie d'un homme qui, je ne sais par suite de quelles circonstances, est à l'index de votre société. Je le regrette infiniment, madame.

Qu'il fût sincère, ou qu'il jouât son jeu, Steïnburg, en prononçant ces mots, eut un tel accent d'affliction qu'Alice en fut touchée.

— Vous m'attribuez une pensée que je n'ai pas, dit-elle. Je ne saurai mieux vous le prouver qu'en revenant sur mon refus. Ramenez-moi donc.

Eugène fut chargé de remiser provisoirement la victoria, dans une auberge voisine, puis il rentra piteusement, tenant le cheval en main.

Alice était restée sous l'impression de ce que lui avait dit Steïnburg.

— Mais, au fait, dit-elle, une fois que le phaéton se fut remis en marche, pourquoi vous croyez-vous à l'index ? Est-ce à cause de votre échec au Jockey's ? Beaucoup de ces messieurs en sont là, et ne s'en portent pas plus mal, je vous assure. Certains, qui en font partie aujourd'hui, s'étaient vu repousser d'abord. . . . . .

L'Allemand se prêta aisément aux explications que la jeune fille semblait désirer. Sachant que, par sa fortune, Alice-la-Mioche ne manquait pas d'un certain crédit dans le monde galant, il comprit l'importance, qu'il y avait pour lui, à se la concilier. Elle recevait beaucoup de femmes et de jeunes gens ; s'il arrivait à se faire inviter à ses soirées, il parviendrait peut-être à se faire tolérer d'abord, puis accepter, adopter peu à peu, par les amis de la jeune fille.

L'occasion se trouvant, il changea ses batteries. Comme l'avait dit le docteur Grivel, et comme l'avait répété l'Anglaise, Steïnburg était déterminé à s'imposer à ce monde, fût-ce par l'intimidation. Entrevoyant la possibilité d'atteindre au but, par une voie plus pacifique, il se résolut sur le moment. Il s'évertua donc, et non sans habileté, à se rendre intéressant aux yeux d'Alice.

C'est que, si expert qu'il fût à l'escrime et au pistolet, si décidé à affronter les chances d'une rencontre, avec quelque tireur aussi expérimenté que lui-même, il avait cette sagesse pratique, des fortes têtes de son pays, qui aiment assez ne s'avancer qu'à coup sûr. D'autant qu'en ces sortes d'aventures, il faut toujours compter avec le hasard. Il y a des maladroits heureux, et, par cette raison, redoutables.

En tous cas, pénétrer dans la place restait une conquête importante ; ne dût-il y gagner que la possibilité de choisir sa victime.

Il garda donc son attitude première d'homme méconnu et injustement soupçonné. Il se fit modeste et un peu naïf, attribuant l'éloignement qu'on lui manifestait, à sa qualité d'étranger ; n'accusant personne, au surplus, disant comprendre parfaitement qu'on se défiât instinctivement d'un inconnu.

— Je ne puis pourtant pas, dit-il plaisamment, publier mon histoire dans les journaux.

Il fit si bien que, moitié intérêt, moitié curiosité, Alice eut le désir de la connaître, cette histoire.

Elle le lui dit bonnement.

Un autre, moins habile, eût proposé de finir la journée ensemble, afin de se confesser sur-le-champ.

Steïnburg se borna à se mettre aux ordres de la jeune fille, se disant prêt à se rendre où il lui plairait, et à son heure ; trop heureux de trouver quelqu'un qui ne craignît pas de lui montrer de la bienveillance.

Les femmes *dévoyées* sont extraordinairement sensibles à une sorte d'hommages. Leur ver rongeur, c'est la soif de considération; aussi le plus sûr moyen de les éblouir est-il de leur marquer une nuance de respect.

Alice y fut prise.

— Que faites-vous ce soir? demanda-t-elle.

— Je n'ai rien projeté, répondit le Bavarois.

— Eh bien! reprit la jeune fille, offrez-moi à dîner. Nous causerons, comme de bons amis.

Steïnburg eut l'adresse de ne pas manifester trop d'empressement. Il se dit tout simplement reconnaissant de sa complaisance, et lui proposa de dîner chez Magny, « de l'autre côté de l'eau. »

Alice apprécia la discrétion qu'il affectait par là. Il semblait vouloir ne pas se prévaloir de la circonstance pour se montrer avec elle.

En effet, de la place de la Concorde, il gagna le quartier Latin, par des rues détournées, où toute rencontre était improbable. Il fit si bien, au demeurant, qu'en entrant dans le cabinet du restaurateur, Alice se trouva tout à point pour croire, les yeux fermés, ce qu'il lui plairait de dire.

Ce ne fut qu'au dessert qu'il commença sa confidence. Ce qu'il lui dit, on l'imagine : un conte fourni d'incidents tout à son avantage, groupés de façon à le poser tel qu'il s'attachait à paraître; c'est-à-dire un personnage de qualité et de mérite.

Du moment qu'on éprouve le besoin de narrer son histoire, ce n'est guère que pour donner une bonne opinion de soi. Cependant, on n'atteint pas toujours le but qu'on se propose. Le silence de l'auditeur donne le change assez souvent. On craint de ne pas le convaincre aussi profondément qu'on le souhaite, et l'on appuie sur la chanterelle, amplifiant plus que de raison, chargeant les tons du tableau. La préoccupation du narrateur se trahit; on sent qu'il exagère, et la sympathie se refroidit peu à peu

Une circonstance, d'ailleurs, rendait Alice fort susceptible sur un point; ce qu'ignorait le Bavarois. Sans être la cause du duel si fatal à Caudheille, ce duel était né au sujet de la jeune fille, et il lui était resté un scrupule insurmontable, qui, après lui avoir valu une fièvre cérébrale dont elle avait failli mourir, surviait à l'état de remords cuisant.

Que de fois, éveillée brusquement par un rêve ayant rapport à cet horrible événement, elle était restée sur son lit, inquiète, agitée, malade! Que de fois elle avait entrevu, par la pensée, cette mère désolée lui imputer son deuil, l'accuser de la fin tragique de son malheureux fils, et l'accabler de malédictions!

Qu'en etait-il réellement? Je ne sais. Mais ce qu'on imagine est toujours plus terrible que le fait positif. Au point que l'on serait surpris, parfois, de voir ceux dont le nom seulement fait tressaillir, mener paisiblement un petit train-train résigné. Le temps, ce grand consolateur, a attendri leur peine. La nature, en reprenant ses droits, a distrait à mesure. La douleur a passé de l'état aigu à l'état chronique, et l'habitude, tout en nuançant les pensées de mélancolie, a ramené l'éprouvé aux conditions normales de la vie courante.

Alice ne pouvait supposer que la mère de son amant en fût là. Elle la voyait toujours se débattant en des crises de désespoir, terrible comme une héroïne de tragédie; le spectre de la maternité menaçante et vengeresse.

Et voilà que Steïnburg, influencé peut-être par l'arrière-pensée de se rendre redoutable, faute de mieux, et pensant se faire valoir, lui parlait de certaines prouesses prétendues chevaleresques, grâce auxquelles il avait eu l'honneur de pourfendre deux de ses semblables, des suites de quoi, l'un était mort sur le coup!

En dépit d'elle-même, les dispositions d'Alice se modifièrent en apprenant cela. Il avait eu beau se donner le rôle de provoqué par ses deux adversaires, poser ceux-ci en spadassins émérites, et bien établir qu'il n'avait fait que se défendre contre eux, elle ne put surmonter l'instinctif éloignement qu'il lui inspira dès ce moment. Elle fit pourtant effort pour se dominer, se répétant qu'en somme, ce n'était pas sa faute, à ce garçon, si la relation de ses « affaires d'honneur » ravivait en elle, des impressions terrifiantes. Rien n'y fit. Elle put bien garder une contenance affable; mais, au fond d'elle-même, un ferment de répulsion subsistait. Cet homme lui faisait peur!

Le malheur est qu'il s'en aperçut. L'espoir, caressé par lui, de pénétrer dans le cercle d'Alice, pâlit lentement. Il craignit d'avoir perdu ses peines, et finalement d'être contraint de revenir à son premier projet : s'imposer par la crainte, dans ce monde de jeunes gens, dont deux affronts l'avaient repoussé déjà.

C'est qu'il voulait à toute force s'y faire admettre et s'y maintenir. Le docteur Grivel avait exactement dévoilé la politique de cet étranger. *Brûlé* chez lui, grâce à des excès et des aventures un peu trop ébruités, ruiné d'ailleurs et usant d'expédients, pour subvenir aux charges qu'entraînaient ses dehors luxueux, il entendait se *refaire* en France; la patrie de tous les aventuriers habiles ou audacieux.

Etait-ce sur un mariage qu'il comptait ou sur quelque liaison moins sacrée, et d'autant plus aisée à contracter ? Le docteur s'était sans doute trop avancé en précisant ; car Steïnburg n'en savait rien lui-même. Très pratique en cela, il se réservait de sauter aux cheveux de la première occasion qui se présenterait ; prêt à tout, au surplus, capable d'épouser ou de n'épouser pas ; pourvu qu'il y eût une fortune à s'attribuer. S'il n'eût consulté que son goût, il eût préféré s'accrocher à quelqu'un de ces spéculateurs, banquiers-banquistes, qui fourmillent dans la vie de plaisir. Liants et faciles, pourvu qu'on soit de leur intimité, ils ne sont pas scrupuleux sur les références ; prenant des acolytes, jusque dans le boudoir des femmes qu'ils fréquentent. On devient si vite compères et compagnons à la fin d'un souper !

Mais, encore une fois, pour approcher ces gens-là et se trouver avec eux sur le pied de l'égalité, il faut être de leur monde, et le déconfit Bavarois voyait ses ressources s'épuiser, sans que la porte magique s'entrebaillât seulement.

Il les connaissait tous et toutes, les indigènes du monde galant. Il ne hantait que les lieux où on les rencontre. Le même soir, il se montrait aux avant-scènes de leurs théâtres, à Mabille, au Cirque, chez Cellarius, à Tortoni et au café Anglais. Il saluait quelques-uns de « ces messieurs », tels qu'Alphonse Destanche ; mais ceux-ci, de la catégorie des *viveurs nécessiteux*, n'avaient pas le crédit de l'introduire définitivement.

Tout au plus, pouvaient-ils se permettre de l'amener, pour une fois, chez une femme où l'on jouât ; encore que celles où ils eussent telles facilités ne fussent pas toujours satisfaites, et qu'elles n'appartinssent qu'à la classe moyenne du monde galant. Pas une qui eût le « huit ressorts ; » jolie, peut-être, jeune même ; mais non de la haute volée, pas « femme-chique ! »

Qui pouvait-il rencontrer là ? Des gens sans conséquence et surtout sans utilité : des commis d'agent de change, des employés, des clercs de notaire, quelques fils de commerçants qui rougissent de la profession de leur père ; tous trop jeunes, du reste, rien qui valût pour lui.

Chez Alice-la-Mioche, c'eût été autre chose. Elle était de la haute aristocratie de la Ceinture-dorée parisienne. Elle avait le « huit-ressorts » c'était expressément une « femme chique » en dépit de sa jeunesse, denrée rare, à ces sommets érotiques.

Chez elle, quand elle recevait, banquiers et fonctionnaires affluaient. Le Jockey's-Club y était dignement représenté, et, en dehors des amies de fondation, les femmes invitées étaient soigneusement triées sur le volet.

Alice eût été en situation de faire adopter le Bavarois. Il l'avait bien compris ; il s'était appliqué à se la concilier ; il s'y croyait parvenu, et puis, tout à coup, sans raison explicable pour lui, il sentait le terrain lui manquer. Au moment de mettre les pieds sur le seuil du sanctuaire, un obstacle surgissait.

La rage le prit, et durant un court moment de silence, il y eut entre eux un froid excessif.

Toutefois, Alice se rendit compte de l'injustice qu'il pouvait y avoir à blesser ce garçon, dont l'unique tort, à son égard, à elle, était de lui rappeler malgré lui des choses pénibles.

Elle se refit affable.

Mais son intention était apparente. Steïnburg se confirma dans la certitude de n'être pas arrivé à ses fins : Alice ne lui faciliterait pas les moyens d'être de son cercle intime.

Cela seul lui était précieux pour la conduite de ses projets, et, plus pressé d'en finir qu'on ne pouvait le supposer — les difficultés de maintenir son train de vie augmentant, en raison de l'aggravation de ses dettes — il se réduisit à profiter de la compagnie de la jeune femme, pour mettre à exécution le plan, grâce auquel quelque formidable scandale, en le mettant en pleine lumière, diviserait le personnel du monde galant en deux camps : l'un d'approbateurs, l'autre d'adversaires. Du moins il ne serait plus seul, et, pour peu qu'il eût occasion de faire parade d'une grande énergie, il aurait vite raison, pensait-il, des dernières résistances.

Ce monde n'a aucune raison de valoir mieux que les autres ; au contraire, et Steinburg se croyait assez expérimenté pour mépriser tous les mondes, dont la masse est lâche et timide.

Il ne lui restait plus qu'une préoccupation : entraîner Alice, avec lui, dans l'un des centres de sa société, pour y achever la soirée.

Elle s'y prêta d'elle-même.

— Où allons-nous ? lui demanda-t-elle, quand il eut soldé l'addition.

— Où il vous plaira, répondit-il. Au théâtre ?

— Ah ! fit Alice, un dimanche ! Valsez-vous ? ajouta-t-elle.

— Je suis Allemand, madame.

— C'est juste. Eh bien ! allons chez Cellarius ; vous m'apprendrez la valse à trois temps.

Alice croyait devoir lui faire cette proposition, pour effacer le petit mouvement de froideur, qu'elle n'avait pu réprimer, durant ses confidences.

Quant à lui, le cœur lui battait. L'occasion attendue était là. Il fallait en profiter coûte que coûte!

On fit approcher un coupé; car il avait renvoyé son phaéton. Puis, ayant fait monter Alice, le bavarois dit au cocher:

— Rue Vivienne!..

V

Ce même dimanche, il y avait des régates à Croissy.

Encore un des centres de notre monde; mais un centre d'été, une station thermale spécialement affectée à la jeunesse chique (1).

C'est là, qu'avant la saison des bains de mer et de Bade, ces dames viennent se retremper dans le sein même de la nature.

C'est là, de même, que tout un clan de viveurs viennent se donner le ton de la villégiature à bon marché.

Canotage et baccarat, tel est le fond des plaisirs agrestes dont on jouit en cet endroit, où les marchands de vins font fortune à débiter des ragoûts diaboliques.

Ce n'est pas que nos gens s'en régalent. Les provisions qu'ils apportent de Paris, à chaque voyage, en témoignent. Ce n'est pas, non plus, que les gracieux coteaux de Bougival, Louveciennes et Marly, les enflamment de pittoresque; bien peu y mettent le pied; mais il est si *petit-monde* de passer l'été à Paris!

Là, d'ailleurs, on continue l'existence accoutumée, à la cuisine près. On est entre soi, on passe les nuits à jouer et à souper. On s'occupe des mêmes choses; on s'entretient des mêmes ragôts, on poursuit les mêmes intrigues.

Et puis, on semble avoir pris possession du sol. Les personnes *naturelles* s'y sentent dépaysées; impossible d'y séjourner; plus impossible encore de s'y installer en compagnie convenable.

Le jour, ces messieurs se montrent sur l'eau et sur les berges, au café, dans les restaurants, un peu plus des trois quarts nus.

(1) Le lecteur nous pardonnera d'employer si souvent ce terme, qui n'appartient à aucune langue, et qui n'est pas précisément d'une haute distinction. Mais on en chercherait vainement un plus régulier. Aucun ne spécifie exactement la catégorie de gens et le genre de choses dont il est question ici. Par une logique fatale, mœurs et expressions sont également incorrectes.

La nuit, ils soupent et jouent, en faisant un vacarme infernal. Ils sont chez eux; ils sont les maîtres, et, autant à Paris, ils affectent une réserve et un rigorisme qui, paraît-il, sont anglais, autant, en ces campagnes, ils se dégingandent et se débraillent, à tous les points de vue. N'étaient la coiffure et le monocle, à leurs mouvements, à leur langage, aux chansons qu'ils vocifèrent, on pourrait les confondre avec des faubouriens en goguette.

A cause d'eux, les familles bourgeoises, qui occupent les maisons de Chatou et du bord de l'eau, jusqu'à la machine de Marly, sont à peu près réduites à se confiner à l'intérieur, pour éviter aux jeunes filles des spectacles et des propos particulièrement fantaisistes.

A la nuit tombante, en semaine, depuis la mère Fournaise jusqu'au bon Durocher, en passant par Seurin et la Maison-Rouge, il se dégage une atmosphère de galanterie tapageuse jusqu'à l'épilepsie, qui n'est pas sans écœurer les moins délicats.

Entre les quatre murs d'un piètre cabinet de cabaret borgne, ces dames semblent revenues à leurs origines. Le vin bleu, l'eau-de-vie de marc, les reportent au temps du fricot maternel, et ce n'est pas seulement le bonnet qu'on jette par-dessus les moulins; tout y passe parfois, sans souci des cochers, qui entendent « madame »et se gobergent, en se moquant.

Ce qui étonne, ce n'est peut-être pas, hélas! que des femmes en arrivent à ce degré d'avilissement. Qui sont celles-ci? D'où viennent-elles? Que leur a-t-on jamais enseigné, que la débauche? Mais que des hommes, jeunes, élevés en famille, ayant fait des études quelconques; des hommes qui se piquent de délicatesse et se prétendent sensibles aux choses de sentiment et d'art; que des garçons, enfin, qui affectent de se placer au-dessus du commun, puissent — on n'ose dire aimer — mais désirer, ensuite, ces créatures hors sexes, réfractaires inconscientes à l'amour comme à la pudeur. Voilà ce qui passe l'imagination.

C'est pourtant avec frénésie qu'ils les souhaitent, et non pas les plus belles, les plus jeunes, mais les plus éhontées, les plus descendues, les plus révoltantes.

C'est qu'il faut vous l'apprendre, voilà précisément le *chic!* Bon pour les épiciers, les Lisettes de nos pères; bon pour les gens de rien, les amourettes à peu près désintéressées. A ces beaux fils, mon bon monsieur, il faut des femmes qui boivent, qui jurent et disent couramment des gravelures de caserne.

Fi! de la niaise qui soupire et qui rougit encore : une fade *poseuse!* Mais parlez-moi, à la bonne heure, de ces crânes gaillardes, filles de Lesbos et de Gomorrhe, qui parlent l'argot des voleurs, et se prêtent en riant à toutes les improvisations.

Après tout, comme on dit, « il faut bien que jeunesse se passe! Un garçon doit jeter sa gourme.» Bagatelle, n'est-ce pas?

Et dire, cependant, qu'il se peut faire qu'un de ces aimables viveurs devienne votre gendre, monsieur, qui me lisez; que ce soit pour l'un d'eux que votre femme donne tant de soins à l'éducation de votre fille!...

Je vous souhaite de l'agrément!

Mais si quelque jour, celle-ci, abreuvée de dégoûts multiples, lasse de mettre au monde des enfants morts-nés, vous donne à vous aussi, du déplaisir, ne vous montrez pas trop sévère, vous qui, selon l'usage du temps et les mœurs de votre classe, l'aurez mariée, en six semaines, avec un inconnu, qu'on vous a présenté à Trouville; vous qui laissez votre fils aller en « gandin » au collége, en attendant qu'il joue au baccarat chez les « femmes chiques;» enfin vous qui tolérez au théâtre, sans siffler à outrance, les gaudrioles nauséabondes de la prostitution.

Parmi les hôtes les moins pernicieux de ces parages nautiques se trouvait un jeune homme de vingt-cinq ans, riche, élégant, instruit, qui n'eût peut-être pas été un sot, s'il avait eu quelque but à sa vie.

On l'appelait Octave Hepheil. Fils d'un manufacturier, mort depuis quelques années, il avait du moins un prétexte à son oisiveté : il vivait près de sa mère, qui, veuve, pour la seconde fois avait deux filles de son premier mari. Celui-ci n'avait rien laissé. En sorte qu'Octave seul était riche, et que, de son très libre consentement, toute la famille vivait de ses revenus.

L'aînée de ses sœurs était veuve elle-même, et comme elle n'avait pas eu d'enfant, le patrimoine de son mari était retourné aux héritiers de celui-ci.

L'autre était restée fille.

L'hiver, on habitait Paris. L'été, on vivait à Chatou, dans une jolie villa pleine d'ombre et de fleurs. A l'automne, on allait faire du cidre en Picardie, dans une vaste propriété, agrémentée de fermes productives, autour desquelles il y avait quelques lièvres à chasser.

La mère eût préféré passer toute la belle saison dans cette sorte de château; mais Octave s'y ennuyait. Les gens de loisirs ont peu de ressources dans l'isolement. L'habitude de ne rien faire, de ne vivre que pour et par autrui rend la solitude pénible. A quoi s'intéresser? Que dire? Ce garçon-là ne pensait plus guère. Il fallait qu'on s'occupât de lui, qui ne se sentait plus assez intéressant pour s'occuper lui-même, de lui-même.

En dehors des distractions du crû, il avait du moins à Chatou celle du canotage. Il en était fanatique et un peu bêta. Squif, foney, océan, périssoire, il avai une flotte complète, et tout lui venait d'Angleterre, s'il vous plaît; tout était en pur acajou! Il avait les plus beaux bateaux du pays et des environs; ce qui le rendait très fier. Et il avait remporté des prix aux régates! Et l'uniforme de son équipe était connu jusqu'au tour de Marne! C'était, comme on voit, un garçon d'un grand mérite!

Avec quatre de ses amis d'un mérite presque égal au sien, il passait des journées entières à tirer de l'aviron, comme les anciens galériens du roi. Les manœuvres se faisaient avec une rectitude militaire, ce qui est l'idéal, et une fois à bord, ses amis et lui s'imposaient une discipline sévère, parfaitement définie, de par un règlement où ces messieurs, qui s'étaient associés afin de s'assurer une plus grande somme de plaisir, s'étaient réciproquement interdit tout ce qu'ils eussent eu la liberté de faire en ne s'associant pas.

C'est un trait caractéristique de notre pays, trait commun à toutes les couches sociales. Dès que trois hommes se réunissent, fût-ce pour s'amuser, vous pouvez être certain qu'ils débuteront par fabriquer un règlement, d'après lequel ils se défendront toutes sortes de choses. Et il y en aura un qui sera le chef, le supérieur des autres!

Il est vrai que la devise nationale porte: « Egalité. »

Rien en somme qui, dans la pratique, soit plus incompatible avec le caractère français; la preuve en est que c'est blesser la généralité de ses contemporains que de se dire, tout bonnement, indépendant.

Indépendant de qui; de quoi?

Vanité toute pure et blessante, pour tous ceux qui, dépendant d'une autorité quelconque, ne veulent pas avoir l'humiliation de voir le voisin ne dépendre de rien ni de personne.

L'indépendant, chez nous, n'est guère mieux qu'un perturbateur, un être dangereux; rien qui vaille.

Cet irrésistible instinct de supériorité qui nous est propre, et que Balzac appelait par son véritable nom : « une maladie nationale, » donne des résultats du plus complet comique, assez souvent surtout dans le monde des oisifs.

C'est à cette maladie bien parisienne que doivent leur prospérité, ces bizarres industriels, fort bien appelés : marchands de *curiosités*, qui vendent, « les yeux de la tête », à de prétendus connaisseurs, de vieilles ferrailles et des pots cassés achetés au tas, aux chiffonniers en gros.

Faute de mieux, certains jeunes gens, contrariés de la banalité de leur existence, font des sacrifices pour grouper chez eux ces objets de rebut, tout au plus négociables au poids. La recherche de ces brimborions, de ces *bibelots*, de ces niaiseries, leur constitue un semblant d'occupations, une spécialité, une « supériorité ! »

Certains s'en autorisent pour trancher des questions historiques. Les naïfs les consultent sur la confection de costumes qu'ils veulent revêtir aux bals privés, durant le carnaval.

Et qu'ils sont fiers !

Il y en a qui font un événement de ce qu'un acteur du boulevard porte une épée non en rapport avec l'époque durant laquelle se passe la pièce nouvelle. Cela leur est occasion de pérorer à perte de vue, de faire parade de connaissances, toutes fraîches émoulues, ils en font une science et un art, et ils s'imposent l'incommodité d'encombrer leurs appartements exigus de meubles, de bahuts, de siéges à peu près impraticables, qui jouent le moyen âge, et qu'on fabrique spécialement pour ces gogos.

C'est encore à cet instinct de supériorité qu'Octave cédait, en faisant une grave affaire de la conduite et de la tenue de ses canots. Aux murs du salon de son petit appartement, rue Taitbout, dans la maison habitée par sa mère et ses sœurs, il avait des cadres où étaient exposées des médailles du Rowing-Club ; ce qui lui faisait la plus belle jambe du monde.

Ce jour-là, aux régates de Croissy, il avait eu le suprême orgueil de faire partie du jury. C'est lui qui avait donné le signal du départ. C'est lui qui, par un signe au garde champêtre, avait fait allumer le pétard qui désigne le vainqueur de la course. Il se croyait parvenu aux honneurs.

Toutefois, il avait eu la contrariété de ne parader que devant la foule bourgeoise. Les courses de Longchamps avaient enlevé la majeure partie de ses amis et amies du monde galant. Si bien que les régates terminées, il s'était retrouvé Jean comme devant, un peu seul et fort ennuyé. Son équipage même lui avait manqué, et il avait dû rentrer à Chatou en périssoire ; encore qu'un pêcheur à la ligne, dont il s'était trop approché, lui eut dit des sottises, sans souci de sa dignité officielle, et, qui pis est, de son droit.

Les canotiers croyent fermement que la rivière leur appartient. Pour eux, le pêcheur à la ligne est un parasite vulgaire, qu'ils semblent tolérer, par excès de bonté.

Les quelques heures qui le séparaient de celle du dîner, il les passa dans sa chambre, à rédiger une sorte de compte rendu des régates, compte rendu qu'il espérait faire passer dans un journal de sport-nautique, sous le couvert du secrétaire de la rédaction. Aussi, se permettait-il de se dire, à lui-même, quelques choses infiniment courtoises, dans cette relation.

Il étudiait ses mots et ses tournures de phrase, avec cette arrière-espérance, que les grands journaux reproduiraient peut-être l'entrefilet. Voyez-vous son nom et son prénom : « M. Octave Hepheil » imprimés dans les grands journaux ! Quel relief ! Quelle notoriété. Quel effet, dans le cercle de ses amis !...

L'ambition de la plupart de ces jeunes gens ne dépasse pas ces proportions, mais qu'elle leur tient au cœur !

— Tu ne restes pas avec nous ? lui demanda sa mère, en le voyant se lever de table, avant même qu'on eût enlevé le dessert.

— Non, maman, répondit-il avec une parfaite conviction de son importance. J'ai promis le compte-rendu des régates à la *Gazette de la villégiature* : on attend ma *copie*.

Il partit par le train le plus prochain, trouvant moyen d'informer tous les employés de la station de l'*affaire* qui l'appelait à Paris, et il déposa sa *copie* dans la boîte du journal, avec une lettre au directeur, le priant de ne pas méconnaître l'intérêt d'une communication, si précieuse pour « le Monde nautique ! »

Jusque-là, le temps ne lui avait pas paru long, tant les préoccupations et la contemplation de soi-même sont absorbantes. Il avait parcouru les rues d'un pas de ministre se rendant au Conseil, et non sans jeter un coup d'œil aux glaces des passages, pour avoir l'air qu'il avait en si grave circonstance.

La chose faite, il s'aperçut seulement de la solitude relative de ce Paris, le dimanche soir, avec ses boutiques fermées et ses promenades désertes.

Il se demanda ce qu'il allait faire ; à qui il pourrait bien raconter ce qui l'occupait ; parler de lui.

Il alla prendre le café à Tortoni.

Personne au fumoir ; personne de connaissance dans la foule des consommateurs vulgaires des tables du perron.

Où aller ?

Le monde galant ne fréquente pas les théâtres le dimanche. Mabile est envahi par les petits commis. Ces dames, pour la plupart, dînent au cabaret, ou traitent leur parenté. Certaines vont aux environs de Paris, dans des villages où leurs fils et leurs filles sont en pension.

Pour cette catégorie de jeune gens, Paris est mortel le dimanche.

Il avait envie de reprendre le train et de retourner à Chatou. Une sorte de pressentiment l'y poussait.

Mais c'eût été renoncer, pour ce soir, à parler à personne des régates, du rôle qu'il y avait joué, de l'article qu'il avait envoyé à la *Gazette de la Villégiature*.

Il se dit que quelques-uns de ses camarades, obligés de dîner en famille, rabattraient certainement sur l'un des quartiers généraux, vers onze heures du soir. Le tout était de passer le temps jusque-là.

Après un moment, il se détermina à pousser jusqu'au Cirque. Il avait chance d'y rencontrer Ben-Chi-Chef, qui, y ayant ses entrées, allait s'y reposer, ne fût-ce que pour ne pas débourser le prix d'une chaise, aux Champs-Elysées.

Ce fut en effet Ben-Chi-Chef qu'il aperçut en entrant. Il était sauvé. Non qu'il se plût beaucoup dans la compagnie de celui-ci; mais, faute de mieux, il se sentait disposé à le trouver fort agréable, en cet instant.

Par malheur, si Octave avait à conter les régates, l'autre avait à conter les courses de Longchamps, l'allée et le retour du breack, l'incident du phaéton de Steïnburg à l'entrée de l'avenue Gabrielle; des choses bien autrement *chiques* et intéressantes que les méchantes régates de Croissy, auxquelles personne de la bande n'avait assisté. Et puis, Ben-Chi-Chef avait gagné une poule de trois cents francs : quinze chevaux à un louis; le comble du genre!

Dès les premiers mots, Ben-Chi-Chef prit le dé de la conversation et ne le lâcha plus.

La journée ayant été belle, la salle était loin d'être pleine aux premières; et bien que l'un et l'autre fussent fatigués, ils restaient debout dans l'entrée des coulisses, en sportmen consommés. Poussés, dérangés, bousculés par les arrivants, les chevaux et les clowns, on les eût plutôt écrasés que de les faire asseoir. Pourtant, Ben-Chi-Chef parlait toujours, et Octave se crispait les poings d'impatience.

— J'ai eu tort de ne pas écouter le pressentiment qui me poussait à reprendre le train, se disait-il. Je sentais bien qu'un ennui me menaçait...

A ce moment, une lueur d'espérance lui vint. En contemplant distraitement les spectateurs, il reconnut un visage ami.

Ce visage ami, le visage de ce sauveur était celui d'Adrien Revel. Mais le jeune docteur n'était pas seul. Une dame âgée, modestement vêtue, occupait la stalle voisine de la sienne. Adrien lui parlait de temps à autre. Ne serait-il pas indiscret d'aller à lui?

Cependant, Octave était lié d'assez longue date avec Adrien, pour qu'il pût se permettre, à tout le moins, de lui serrer la main, en prenant de ses nouvelles. C'était toujours de quoi pouvoir s'arracher à la narration agaçante de Ben-Chi-Chef.

— Pardon, mon cher, dit-il à ce dernier, j'ai un mot à dire au docteur.

— Je vous attends, fit l'ancien spahis.

— Trop aimable! répondit Octave, en s'éloignant, ravi de se tirer de ses pattes, et jurant ses grands dieux qu'on ne l'y reprendrait pas.

Toutefois, le docteur ne pouvait être l'auditeur complaisant, à qui il eût aimé infliger le traitement que le viveur-nécessiteux venait de lui faire subir. Ils s'étaient connus au quartier Latin, grâce à ce que Octave avait commencé sa médecine jadis. Bien qu'il se rendît à l'Ecole en coupé de maître et qu'il prît ses repas chez lui à l'habitude, l'attrait des pensions d'étudiants, des parties du Prado et de la Closerie l'avait mis en rapport d'amitié avec quelques-uns des élèves; simple *roupiou*, d'abord, il avait, eu plus d'une fois, besoin des bons offices d'Adrien, pendant l'internat de celui-ci.

Puis, ayant abandonné tout travail et toute étude, il avait retrouvé le jeune docteur dans le monde des jeunes gens, où ses facultés, à lui, s'étiolaient de plus en plus, à mesure. Il avait même procuré quelques clients à son ancien confrère.

Adrien, après s'être pris au début d'amitié pour ce garçon, un peu naïf, en somme, qui avait eu le bon goût, ou la timidité, en ce temps-là, de ne pas paraître se prévaloir de sa situation de fortune, ne lui était resté attaché qu'à la condition de le railler affectueusement sur le ridicule de sa nouvelle existence. Octave redoutait un peu ses plaisanteries; non qu'elles fussent excessives; mais parce qu'il en sentait la portée et la justesse. Ce n'est donc pas près de lui qu'il eût été tenté de se faire valoir, à propos de succès nautiques dont le jeune docteur eût haussé les épaules.

Il se contenta de s'inquiéter de sa santé et de ses affaires, après avoir salué la vieille dame qui se trouvait-là.

Cette dame, c'était la mère d'Alice-la-Mioche : la veuve Maroteau.

Tout comme autrefois, Adrien cherchait à lui procurer quelques distractions, quand il avait un moment de loisir.

Ce jour-là, après son entrevue avec Euphémie, chez la mère Nivelon, il avait été mettre en ordre les écritures de la veuve. Puis, il l'avait conduite à un modeste restaurant de la rue des Martyrs, après quoi, pour l'obliger à une promenade hygiénique, il l'avait amenée au Cirque.

Octave ne se doutait pas de la parenté de cette personne avec cette Alice que, lui aussi, il avait si assidûment courtisée ; assidûment, mais tout aussi inutilement que les autres.

Cependant, Alice, après l'avoir découragé de ses prétentions spéciales, lui avait offert une sorte d'amitié particulière, et, jusqu'à un certain point, intime.

Etait-ce qu'il lui parût valoir un peu mieux que le reste de son entourage ? Elle n'en pouvait rien savoir. Mais Octave était un ami d'Adrien. Elle avait, par lui, des nouvelles de celui-ci. C'était sa grande raison d'attirer et d'accueillir le jeune homme, avec un empressement marqué.

Et puis Octave, qui avait été sincèrement épris d'elle, lui avait fait des confidences qu'on n'accorde pas aux femmes de cette catégorie. Entraîné par le désir de lui plaire, il avait dépouillé le viveur prétentieux et pesant, redevenant jeune homme, amoureux simplement, comme tout homme jeune qu'une affection possède, charme et transforme.

La jeune fille lui en avait su gré, et, en raison de sa qualité de femme galante, elle avait été profondément émue en entendant ce garçon lui parler de sa famille, de sa mère, de ses sœurs.

Parfois elle fut tentée de le suivre dans cette voie, de répondre en confiance, confidence pour confidence ; mais la crainte qu'il n'en répétât quelque chose la retint. Elle ne *voulait* pas, on l'a dit, qu'Adrien se doutât jamais des sentiments qu'elle lui gardait.

Octave ignorait donc qu'Alice eût encore sa mère. Qui se soucie d'ailleurs de savoir d'où sortent ces filles, ou à quoi elles tiennent ? Qu'importe ! Qu'elles soient accessibles, voilà le principal ; le rêve est qu'elles soient amusantes par dessus le marché. Mais, comme on pense, c'est plus rare.

Ben-Chi-Chef attendit vainement le retour de l'auditeur de ses prouesses sportiques. Après avoir causé un moment avec Adrien, Octave se souvint qu'il y avait double cours chez Cellarius (1). Il sauta dans un coupé, et se fit conduire rue Vivienne.

Durant le trajet, il fut sur le point de changer de résolution, tenté de se faire mener au chemin de fer de l'Ouest, pour prendre le train de Saint-Germain, qui l'eût déposé à Chatou.

Le double cours ne finirait pas avant deux heures du matin. Force lui serait de coucher à Paris. Il faudrait, le lendemain, se lever de bonne heure pour retourner à la campagne. C'était bien du dérangement.

Et puis, le pressentiment d'un déplaisir vague et menaçant lui revenait à l'esprit.

Cependant il n'y céda pas, par paresse de volonté et attiré vers le cours de danse par le désir de voir des gens de son monde.

A son arrivée, le salon offrait une animation inaccoutumée. Le piano, renforcé d'un violon, d'une basse et d'un cornet à piston, faisait merveille. Soixante groupes tournoyaient éperdûment dans une valse frénétique, offrant en visions successives des toilettes ravissantes.

Le ban et l'arrière-ban de la galanterie féminine *honoraient* la réunion de leur présence. Les épaules presque aussi décolletées que celles des femmes comme — il faut — étaient décemment recouvertes d'une couche de poudre de riz. Les cheveux s'échappaient des chignons, en boucles flottantes, dont l'exquis philocôme embaumait l'atmosphère attiédie. Sur les banquettes, de jeunes filles dédaignées, aspirantes au *chic*, se désolaient de n'avoir que leur jeunesse et leur beauté pour lutter contre ces notoriétés à équipages, ne comprenant rien à l'empressement dont les plus vieilles et les plus peintes — ce qu'on a appelé : *la vieille garde*, — étaient l'objet.

La partie masculine ne le cédait en rien d'ailleurs à l'élégance de ces dames. Echappés de collége, boursiers, étrangers de tous les calibres, fils de parvenus, maquignons-amateurs, ils avaient tous une pointe de champagne, et se conduisaient comme des étudiants à Bullier.

A de rares exceptions, ils se tutoyaient tous, s'interpelant dans un idiome bourré de mots que les collégiens ont la déconvenue de ne jamais trouver dans leur dictionnaire.

C'était féerique !

Octave se sentit renaître dès les premiers pas. Toutefois, apostrophé par quelques dames, il sentit qu'il n'était pas dans le ton, lui qui avait dîné en famille. La buvette était là, heureusement. Ce fut l'affaire d'un moment ; après quoi, ayant allumé un cigare, il rentra dans le salon.

(1) Cellarius est un professeur de danse. L'établissement désigné par ce nom consiste en un vaste salon où, à des époques périodiques, les élèves sont réunis, et, au son d'un piano, s'exercent à pratiquer les leçons qu'ils ont reçues. Il s'ensuit une sorte de bal où les femmes sont admises gratis, afin qu'on ne manque pas de danseuses. C'est ce qu'on appelle le double cours.

A ce moment, il aperçut, sortant de la mêlée, sa petite amie *Alice-la-Mioche*, qui venait de valser avec l'Allemand. Sans autre formalité, il s'élança vers elle et, lui entourant la taille, il l'entraîna de nouveau dans le tourbillon de la danse.

Ce sont, à vrai dire, façons un peu sans gêne, qui n'ont rien de rare à l'habitude. Les femmes qui viennent là sont à peu près du domaine commun, et l'on n'y regarde pas de si près. A moins de ridicule, on ne tolérer qu'elles passent de main en main pour la valse et le cotillon.

On est de la même tribu, tous plus ou moins amis, et ces dames, au surplus, entendent garder leur indépendance d'allures. Au demeurant, l'action d'Octave n'était rien qu'une bagatelle : il se fait bien d'autres passades !

Mais Steïnburg n'était l'ami de personne ici. Poursuivant son projet, il se crut autorisé à relever le procédé un peu bien cavalier de ce jeune homme qui, sans s'inquiéter de rien, sans le saluer même, s'était emparé de sa danseuse.

Tout en le suivant du regard, à travers les couples tournoyants, il réfléchissait mûrement, hésitant encore à provoquer un éclat entre Octave et lui. Ce qu'il savait du caractère légèrement naïf de ce garçon, de sa situation de famille, de sa fortune, l'amenait à se demander s'il n'y aurait pas meilleur profit à s'autoriser de la circonstance pour se faire bien venir de lui ?

Malheureusement, l'action d'Octave avait été remarquée. Steïnburg vit qu'on s'en entretenait à voix basse, sur un ton goguenard. Evidemment cela passait pour une sorte d'affront qu'on paraissait content de lui voir subir.

La valse cessa. Les danseurs revinrent. Parmi eux, Octave, tenant Alice à son bras, regarda le Bavarois avec une nuance de raillerie. Celui-ci se détermina.

Il attendit qu'Alice se fût éloignée.

Elle avait demandé sa pelisse qu'Eugène avait dû apporter en venant l'attendre avec le coupé.

Alors, l'Allemand s'approcha d'Octave :

— Monsieur, lui dit-il à mi-voix, je désirerais vous dire un mot.

Celui-ci le toisa, en souriant :

— J'écoute, répondit-il.

Un grand silence s'était fait. Tous les assistants avaient les yeux sur eux.

— Vous venez, reprit Steïnburg, de vous permettre une inconvenance qu'il ne faudra pas renouveler.

— Parce que ?...

— Parce que je serais obligé de vous en faire repentir.

Octave, de pourpre qu'il était, devint livide.

— Et comment vous y prendriez-vous ? demanda-t-il, en faisant un pas vers l'Allemand.

— En vous tirant les oreilles, répliqua celui-ci, d'une voix un peu émue, qui contrastait avec son apparence calme et froide.

Il n'avait pas achevé qu'Octave lui cinglait le visage d'un revers de main.

On les sépara instantanément.

Si la voix de Steïnburg avait légèrement tremblé, c'est qu'on ne va pas de gaieté de cœur au-devant d'un soufflet, et ce soufflet, il *tenait* à le recevoir. Ce soufflet lui valait les avantages attachés à la qualité d'insulté, quelles qu'eussent été ses provocations précédentes.

Le premier résultat de cette affaire fut précisément celui que le Bavarois en avait espéré. Le fait, en soi, partagea l'assemblée en deux camps. Les femmes surtout blâmèrent Octave de s'être oublié jusqu'à des voies de fait.

— « Ce n'est pas comme il faut » répétaient ces dames, filles de concierges pour la plupart ; et bon nombre de *coulissiers*, de maquignons et de fils de tailleurs enrichis, étaient de leur avis.

Au moment où Octave souffletait l'Allemand, Alice rentrait dans le salon. Elle ne comprit pas d'abord. Puis voyant qu'on séparait les adversaires, et qu'Octave lançait sa carte à Steïnburg, par dessus l'épaule de ceux qui le retenaient, un brouillard passa sur les yeux de la jeune fille. Le souvenir de ce que le docteur Grivel avait dit des projets d'intimidation du Bavarois, lui revint en mémoire. Toutes les impressions qui lui déchiraient le cœur au sujet de la mort de Caudheille, se ravivèrent brusquement, lui étreignant le cerveau. Pour elle, Octave était dès maintenant un homme mort, et c'est elle qui était cause de ce duel !

Une douleur horrible lui arracha un cri. Elle tendit les bras en rejetant la tête en arrière, et tomba comme une masse sur le parquet.

VI

Quand Alice revint à elle, le salon de Cellarius était désert et sombre. On avait envoyé chercher le docteur Grivel, qui était seul, à ses côtés, au moment où elle r'ouvrit les yeux.

— Eh bien ! mon petit chat, lui demanda-t-il ; comment vas-tu, maintenant ?

Quoiqu'elle se le fût entendu dire, bien des fois, et par toutes sortes de gens, ce « mon petit chat » il lui fut particulièrement désagréable en ce moment.

A la fin d'un évanouissement, les fonctions sont encore engourdies, la mémoire de certains faits n'est pas présente. Alice en était-là. Elle se sentait être; mais elle ne se souvenait pas encore de la condition dans laquelle elle s'était échouée. Elle avait oublié Alice-la-Mioche; elle n'avait conscience d'être que mademoiselle Alice Maroteau, fille du juge de paix de la Châtre, une personne de la première société, qui avait pour amies de couvent les filles de la relative aristocratie locale.

Pourquoi donc ce monsieur la tutoyait-il, et l'appelait-il « mon petit chat ? » Une vague impression très pénible dominait ses sensations.

De fait, où était-elle ?

L'entrée de Fulgence, sa femme de chambre, lui remit en souvenir les dernières pages de son histoire. Elle se reconnut, elle se retrouva. Alice Maroteau disparut, faisant place à Alice-la-Mioche, la femme chique, qui avait chevaux et voitures et des rentes au Grand-Livre.

Dès lors, ce « mon petit chat » n'aurait plus dû la choquer. C'était une appellation caressante, que le bon docteur Grivel prodiguait à celles de ses clientes, envers qui il se sentait de la sympathie.

Cependant, l'impression première, loin de s'effacer dans l'esprit de la jeune fille, ne fit que s'accuser davantage. Peut-être une sorte d'intuition l'avertissait-elle de l'horreur, qu'elle ressentirait bientôt, à être comme poursuivie par cette familiarité à laquelle les circonstances devaient donner un caractère d'une humiliation atroce.

Tout à coup, la mémoire lui revint en entier. Un serrement de cœur la secoua comme eût fait un coup de fouet.

— Où sont-ils ? demanda-t-elle en se redressant d'un mouvement nerveux.

— Qui ?

— Octave et Steïnburg ?

— Calme-toi, fit Grivel. Te voilà sortie de la crise; mais il faut prendre des précautions. Tu n'as pas encore la tête solide.

A vrai dire, il n'en savait rien. Mais du moins il ne le lui disait pas méchamment, au contraire.

Les gens de la maison ne purent ou ne voulurent rien lui dire, au sujet de ce qui semblait la préoccuper exclusivement. Une sorte d'irritation la prit et lui donna un impérieux besoin de se délivrer de ces soins, qui ne la touchaient point.

Grivel approuva son désir de rentrer chez elle. On l'enveloppa presque de force dans des cachemires et elle monta dans son coupé.

Malgré tout ce qu'elle lui dit de rassurant, Grivel tint à l'accompagner. Pensant en avoir plus tôt fini, elle se mit au lit en arrivant et parut prendre du repos. Enfin, le docteur se retira,

A peine était-il dehors qu'Alice sonna Fulgence et se leva.

— Ah ! ma fille, lui dit-elle, pour couper court à toute remontrance, si affectueuse qu'elle fût, ne me dites rien, je vous en supplie. Aidez-moi à m'habiller, car je suis rompue, et demandez au nouveau cocher s'il lui est possible, sinon de me conduire, du moins de me trouver une voiture de louage pour le reste de la nuit. Quelle heure est-il ?

Fulgence consulta sa propre montre. On l'a dit : aucune des pendules ne marchait.

— Deux heures et quart, madame.

Alice réfléchit un moment sur ce point d'interrogation :

— Où rejoindre Octave ?

Tout pour elle se résumait dans ce fait. Il fallait qu'elle trouvât le jeune homme, et qu'elle lui parlât. Cela suffisait, pensait-elle, pour empêcher les suites de la provocation, à laquelle elle avait assisté chez Cellarius et dont elle était non pas la cause ; mais le prétexte. Elle ne pouvait s'y méprendre, le Bavarois avait *voulu* ce duel ; à son tour, elle ne *voulait* pas qu'il eût lieu, et elle se croyait en situation de faire prévaloir sa volonté. Le tout était de rencontrer Octave.

Elle savait que celui-ci habitait à Chatou à cette époque de l'année. Mais outre qu'elle n'avait pas à se permettre d'aller le demander dans sa famille, il était probable qu'après ce qui s'était passé au double cours, Octave serait resté chez lui. Déjà, sans doute, ses témoins, après s'être concertés, étaient allés se mettre à la disposition des amis de Steïnburg. Pour elle, il ne devait y avoir qu'à convenir des conditions du combat. Quant à l'heure : « au petit jour », c'est traditionnel. Il fallait donc se hâter.

Le bon Eugène qui, comme de juste, savait toute l'affaire, pensa qu'il ne se repentirait pas de se montrer empressé. Il attela de nouveau le coupé, qui en dix minutes fut prêt.

Alice, tremblante d'impatience, s'y blottit en hâte, et la voiture brûla le pavé vers la demeure d'Octave.

Parmi les cabarets nocturnes, qui ne sont pas une des moindres curiosités parisiennes, le Café Anglais se distingue par la variété de sa clientèle. Elle se renouvelle plusieurs fois en vingt-quatre heures, et, bien que toutes appartiennent plus ou moins à ce qu'on appelle « la haute société », elles se succèdent sans se mêler jamais.

Au déjeuner, vous trouverez dans les salles des étrangers de distinction, des hommes d'Etat, des gens de finance et de grands industriels. Le député de la droite n'y est pas rare. Enfin, si vous y apercevez des jeunes gens, ce seront des fils de famille en compagnie de grands parents.

Au dîner, il y a une sorte de mélange. Les familles sont moins nombreuses, mais beaucoup de tables sont occupées par des couples de bourgeois cossus. Puis des gens d'affaires qui traitent un correspondant étranger.

Dans lès cabinets, les réunions sont d'une catégorie plus relevée. La noblesse y abonde, la nouvelle surtout; mais en semaine seulement; le dimanche étant affecté, non pas au petit monde riche, qui tranche du grand seigneur le jour du repos dominical, mais à la jeunesse demi tapageuse, que les parties improvisées sur le turf y font affluer: avoués dont les femmes sont à Dieppe, commissionnaires en marchandises, agents de change, toutes gens qui peuvent prétexter une obligation professionnelle, y font volontiers l'école buissonnière en compagnie de personnes de discrète galanterie; de celles dont Dumas fils meuble son demi-monde. Déjà raisonnables, aspirant à la considération, il leur faut le huis-clos, la débauche à petit bruit, la gaudriole à mots couverts, chantée à mi-voix, en appuyant fortement la pédale sourde du piano.

Mais la nuit, dès onze heures, cette maison si calme et si sombre à l'extérieur ruisselle de lumière et retentit de bruit. L'équipe nocturne des garçons grimpe en hâte les escaliers, recouverts d'un tapis qui assourdit les pas.

A tout instant, viveurs des deux sexes et de toutes sortes, surgissent dans le corridor. Ceux-ci se sont échappés d'une réception de famille, ou d'un bal officiel; ceux-là sortent des Italiens, ou de l'Opéra, et viennent souper en compagnie des premières amies qu'il rencontreront là, faute de quoi, ils se rabattront sur le cercle.

Tous ont l'habit noir, le camélia à la boutonnière. Ernest — le maître d'hôtel des nuits — leur indique les cabinets où ils ont des connaissances. Le couloir ressemble un peu à celui du foyer, durant les bals de l'Opéra. On y arrête celles ou ceux qui passent; on plaisante, on se raille et l'on se groupe au hasard de sa bonne étoile.

Ces derniers sont le fond des habitués. Rien ne les presse de s'attabler. A peine consomment-ils; une tasse de thé, un fruit en hiver, c'est tout.

Dans les cabinets, ce sont des parties organisées à l'avance; le produit d'un pari gagné défraye une société; parfois la pendaison d'une crémaillère, ou bien la célébration de quelques *fiançailles*. A défaut d'appétit, la soif paraît grave, et l'on n'a pas fini de l'étancher que les tentures en entendent de belles, au milieu du tohu-bohu de paroles, de chants et de cris qui étourdissent, à tout le moins, autant que les fumées alcooliques.

Où qu'on l'observe la « noce » a son caractère propre. En habit ou en blouse, vêtue de satin ou d'indienne, l'homme et la femme avinés ne sont guère dissemblables. C'est exactement le même vacarme, le même débraillé et — ce qui pourrait surprendre — le même vocabulaire provoquant une répulsion identique.

Par hasard, cette nuit-là, les hôtes étaient rares. Les dîners s'étant prolongés, il ne s'était pas trouvé de cabinets libres pour les soupeurs.

Les garçons, adossés aux lambris, ou couchés sur les banquettes du couloir de l'entresol, devisaient entre eux de « l'affaire » Octave et Steïnburg. Subissant l'influence de l'air ambiant où leur industrie s'exerce, ils formulaient leur opinion en termes qui eussent pu donner le change à qui les eût entendus sans les voir. En fermant les yeux, on eût cru être en présence de « ces messieurs. » Mêmes préjugés; même façon de comprendre le point d'honneur; même sentiment de ces choses.

Seul, Ernest, impassible et muet, fatal comme *l'addition* qu'il personnifie à ces heures, Ernest ne soufflait mot et surveillait le service avec autant de ponctualité que si l'on eût été en plein coup de feu. Il en a tant vu de ces « affaires » le brave garçon! Il sait si bien ce que cela dure et comment cela tourne! Cependant, il n'était pas sans appréhension, cette fois.

C'est qu'en dépit de son visage d'une dignité glaciale, de son attitude extra-discrète, il a ses préférences. Octave avait gagné sa sympathie. Outre une politesse aisée et bienveillante, celui-ci avait l'avantage d'être au nombre de ces clients sérieux qui, payant largement et à heure dite, ne provoquent jamais l'ombre d'une observation. Jamais il ne faisait à ce point, tapage qu'on eût à le prier de se calmer. Jamais on n'avait à le tirer de dessous la table, pour le faire rentrer chez lui. Il était de ceux qui, au point culminant de l'orgie, ferment les fenêtres du cabinet pour ne pas attirer l'attention des rondes de police. Un homme vraiment comme il faut; pour Ernest du moins.

Par contre, le Bavarois lui déplaisait; il lui inspirait, au suprême degré, cette méfiance qui nous prend en face des étrangers. Si grands seigneurs qu'ils soient, si discrets et courtois qu'ils se montrent, ils ont une manière d'être que nous ne comprenons pas. La manifestation de leurs sentiments nous surprend et nous laisse indécis. Ils ne rient pas en français, et parfois ils sont fâchés tout rouge, sans que nous sachions si ce n'est pas une plaisanterie. Dans la vie de plaisir, principalement, ils nous choquent, en cela que leur façon de s'amuser nous est incompréhensible. La raideur des uns, l'excès d'animation des autres nous embarrassent et nous inquiètent. Ce qu'ils expriment nous met si mal au fait de leurs intentions, qu'au moment de se laisser embrasser par l'un d'eux, certaines femmes ne sont pas bien sûres qu'il ne va pas les mordre.

Euphémie poussait les choses si loin à cet égard qu'elle n'admettait même pas qu'ils se comprissent, quand ils parlaient entre eux dans leur idiome.

« Des poseurs! disait-elle, qui font semblant de s'entendre pour nous étonner! Mais je ne crois pas à ça, moi; dès que nous n'y sommes plus, ils parlent français!... Et trop heureux! »

D'ailleurs, pour elle, l'échelle de la civilisation se résumait ainsi :

« Les singes, les étrangers, les Auvergnats et les Français. »

Encore qu'en dehors des Parisiens il n'y eût guère, à son sentiment, que des sauvages.

Ernest pensait probablement comme elle, à ce sujet. En tous cas, Steïnburg n'avait jamais été dans ses petits papiers. Plus d'une fois il avait craint qu'il ne demandât crédit. Sa venue lui était désagréable. Il sentait vaguement, que cet homme cherchait une occasion quelconque de faire quoi que ce soit, dont il résulterait du désagrément, sinon pour la maison, du moins pour les habitués.

Mis au fait de ce qui venait de se passer chez Cellarius, il en augura mal pour Octave. Avec un tel adversaire, il n'en irait pas comme à l'habitude.

Vers trois heures du matin, la sonnette retentit violemment. Les garçons quittèrent, d'un même mouvement, leur attitude endormie, et Ernest s'avança vers l'escalier, entendant des pas précipités.

C'était Alice qui, n'ayant pas trouvé Octave à son domicile, pensait le rencontrer, lui ou ses témoins, au Café Anglais.

— Qui y a-t-il ici? demanda-t-elle fébrilement.

— Personne des amis de madame, répondit Ernest.

— M. Octave Hépheil n'est pas venu?

— Non, madame.

Alice s'appuya contre le mur. Elle était rompue et accablée, par une incertitude poignante. Que se passait-il? Ne pourrait-elle rien pour empêcher le malheur qu'elle appréhendait? Son joli visage trahissait une anxiété mortelle.

Ernest en eut pitié.

— Peut-être, dit-il, madame aurait-elle quelque renseignement de madame Léonie Boutelier.

— Elle est là? Avec qui?

— Seule.

Ce disant, Ernest ouvrit la porte d'un des petits cabinets de cet étage.

Sur le divan, une femme était étendue, sommeillant à demi, devant une tasse de thé et des cigares.

Cette femme n'était plus toute jeune. Elle avait encore de la beauté; mais ce qui la rendait remarquable, c'était une distinction excessive, non-seulement dans ses mouvements, et dans son air; mais encore dans son langage. Devant elle, on se tenait.

Cadet-Rousseau en disait :

— Il y a des moments où, venu chez elle pour dire des bêtises, en prenant l'absinthe, je me demande si je ne suis pas en visite chez une amie de maman. Et, ma parole d'honneur, quand je la quitte, ces jours-là, « j'ai l'honneur de lui présenter mes respects. »

Elle était pourtant bien du Monde Galant et « femme-chique » dans la plus complète acception du terme. Mais elle avait été bien élevée, et il lui en restait ce quelque chose qui impose de la tenue à l'entourage.

C'était encore une victime de la manie, qu'ont les parents, d'élever leurs filles au dessus de leur condition. Celle-ci, orpheline d'un officier supérieur, avait dû se réduire à se faire institutrice. Dans une famille anglaise, où on l'avait placée, il se trouva que le fils s'éprit d'elle et l'enleva.

Les successeurs de celui-ci ne durent pas se donner tant de peine. La soif du luxe et l'humiliation de servir, la rendirent accommodante. Aujourd'hui, elle était hors de passe, riche, entourée, et elle ne paraissait plus dans son monde que par échappées.

Retirée à Saint-Gratien, dans une fort belle propriété, qui lui avait été donnée, avec de quoi l'entretenir, elle s'observait au point que déjà, l'hiver, quelques voisins l'avaient à peu près accueillie. Elle rendait le pain bénit, comme tout le monde. M. le curé avait été quêter chez elle. Le médecin avait eu à soigner son fils, un beau petit homme de dix ans, dont, après tout, ce n'était pas la faute, et qui plaisait généralement. Tout cela, et d'autres petites causes encore, avaient valu quelques saluts à madame Léonie Boutelier, qui, grâce à un tact inné et sûr, y avait répondu avec réserve et modestie. On s'en était senti rassuré, et l'on faisait mieux que la tolérer dans le pays.

Quand ses amis venaient chez elle, ils subissaient plus ou moins l'influence de l'impression qu'avait traduite Cadet-Rousseau. Certes! on riait; certes! on prenait ses coudées franches; mais il n'en passait rien par-dessus les murs. Point capital.

Cependant Léonie n'entendait pas avoir rompu toutes ses attaches à la vie de plaisir. Les solennités hippiques principalement l'entraînaient irrésistiblement.

C'est pourquoi elle n'avait pu se tenir d'assister à la première course de printemps. Elle eût pu y venir dans sa voiture; mais elle devenait, sinon économe, du moins sage. De Saint-Gratien à Longchamps, et retour, c'est beaucoup pour un attelage de prix. Elle avait préféré louer une calèche chez Brion, pensant rentrer dîner à la campagne.

Mais le moyen? Au champ de courses, elle avait été entourée, fêtée. Il avait fallu dîner avec d'anciens amis. Le dîner s'était prolongé. Un baccarat avait fait le reste. Tant et si bien qu'elle avait manqué le dernier train.

En un autre temps, elle fût retournée au jeu; mais ses camarades, déjà suffisamment lestés, au dîner, avaient grand-soif en jouant. Les têtes étaient montées. On parlait gras, on criait fort. Léonie n'avait jamais eu le goût de ce diapason. Tout sagement, elle pensa qu'il valait mieux, à tous égards, se reposer, en attendant le premier départ du matin. Et elle était venue au Café Anglais.

En entendant ouvrir la porte de son cabinet, elle se redressa à demi :

— Comment! c'est toi, ma belle, dit-elle, en reconnaissant Alice. Quelle bonne idée. Entre. Assieds-toi. Tu es toute pâle, ajouta-t-elle, en attirant la jeune fille à côté d'elle par un mouvement de bonté. Qu'arrive-t-il, mon cher enfant?

— Il arrive, répondit Alice, que deux hommes veulent se battre à mon sujet.

— Encore!... fit Léonie Boutelier, se souvenant de la mort de Caudheille.

— Encore! oui, répéta la jeune fille avec amertume. Mais c'est trop d'une fois, reprit-elle en s'animant, et il faut que j'empêche ce duel à quelque prix que ce soit.

Léonie la contempla avec une bienveillance nuancée d'une grande commisération. La sincérité d'Alice ne faisait pas doute; mais Léonie avait vécu, et, bien qu'elle eût su se faire accorder une somme d'égards, de la part des compagnons de plaisir, auxquels ces femmes sont vouées, elle ne s'illusionnait pas sur le degré d'influence qu'elles peuvent avoir, dès qu'il ne s'agit plus de folies, de parties ou de ripailles.

Toutefois, elle eut scrupule de contrister cette innocente, en lui livrant le résultat de son expérience. Elle lui laissa son espoir d'être en situation d'intervenir dans l'affaire qui lui tenait au cœur.

— Qui est-ce? demanda-t-elle.

— Octave Hepheil....

— Et Steïnburg, acheva Léonie.

— Tu sais ce qui s'est passé?

— C'est la première chose qu'on m'ait dite, en arrivant ici. Cependant, je ne sais que le fait de la provocation, et j'ignorais que tu y fusses pour quelque chose.

Alice lui conta toute l'histoire. L'accident de la porte d'Auteuil, le dîner chez Voisin, les confidences du Bavarois, pour en venir à connaître son avis sur la valeur de ses soupçons, au sujet du parti pris de Steïnburg.

Léonie crut aisément que celui-ci agissait, en tout cela, d'après un plan, fermement voulu. Mais elle en tira cette conséquence qu'il lui semblait d'autant plus impossible d'éviter le duel.

— Et pourtant, répondit vivement Alice, je l'empêcherai!

— Comment?

— Je ne sais encore; mais je l'empêcherai; je le veux; il le faut! Si Octave va sur le terrain, il y restera. Cela, je ne le veux pas; cela ne sera pas! J'irai plutôt prévenir sa mère et ses sœurs!...

Léonie vit que, pour le moment du moins, la discussion ne donnerait rien de bon. Cette enfant était buttée sur une idée fixe; elle n'offrait aucune prise.

Puis elle pensa qu'en somme ce Steïnburg, repoussé par les membres de deux cercles, donnant matière à des défiances, à des commentaires fâcheux, pouvait fort bien être convaincu d'indignité. Etait-ce, n'était-ce pas un chevalier d'industrie? Pour arriver au but que se proposait Alice, avec une résolution extraordinaire, il fallait avant tout éclaircir ce point. Si le Bavarois était un homme taré, pas d'affaire d'honneur avec lui. Là était l'issue, et Léonie n'en apercevait pas d'autre.

En tous cas, il fallait agir vite.

— Attends! dit-elle.

Et elle sonna. Ernest se présenta aussitôt.

— Mon ami, lui dit Léonie, nous avons un intérêt grave à savoir où en sont les choses, quant à l'affaire de M. Hépheil. Avez-vous quelques renseignements?

— Je ne sais qu'une chose, répondit le maître d'hôtel : c'est que la première entrevue des témoins de ces messieurs aura lieu demain à midi.

— Bon! fit Léonie; nous avons du temps devant nous.

— C'est bien sûr? demanda Alice, craignant instinctivement que, par pitié pour elle, on ne cherchât à lui donner le change.

— C'est M. le comte d'Iosk, qui l'a dit tout à l'heure à plusieurs de ces messieurs.

— Anatole?... reprit Léonie. Que fait-il dans tout cela?

— Il est, je crois, l'un des témoins de M. Hépheil. M. le comte et madame la comtesse ont dîné en haut, avec de leurs amis. On a joué ensuite. A une heure du matin, à peu près, un envoyé est venu chercher M. le comte, toute affaire cessante, de la part de M. Octave. Et c'est à son retour qu'il a annoncé l'heure de la première conférence des témoins.

— Merci, fit Léonie.

Puis, dès qu'Ernest fut sorti :

— J'ai une idée, dit-elle à Alice, avec le ton d'une personne à qui il est venu une excellente inspiration. Octave n'est-il pas très affectueusement lié avec ce jeune médecin qui t'a soignée, lors du duel de Caudheille?

— Adrien Revel?

— Oui.

— C'est vrai, dit Alice avec une émotion secrète et profonde. Ils se sont liés à l'Ecole de médecine. Octave a suivi parfois les avis de son ami. Il l'a présenté dans sa famille... Je te comprends, ajouta-t-elle. Adrien sera certainement prié par Octave de l'assister sur le terrain, ne fût-ce qu'en sa qualité de médecin...

Pendant qu'elle suivait ses pensées, combattant ce qu'elles avaient de pénible, Léonie, ouvrant elle-même le cabinet, se faisait donner du papier et de l'encre.

Alice, après avoir hésité encore un moment, prit la plume et écrivit :

« J'ai une grâce suprême à vous demander. Un homme que vous aimez est en danger. A quelque heure que vous receviez ce mot, venez; je vous en supplie à mains jointes.

» ALICE. »

Le chasseur mandé par Léonie attendait. Alice lui remit le billet et lui donna cent francs.

— Prenez une voiture, lui dit-elle. Faites-vous conduire, 40, rue Pigalle. Demandez le docteur Revel, et tâchez de le ramener chez moi. Je rentre à l'instant.

— Il faut tout prévoir, madame, dit le chasseur.

— Quoi?

— S'il n'y était pas?

— S'il n'y est pas et si l'on ne peut ou ne veut vous dire où le joindre, attendez dans la voiture jusqu'à ce qu'il rentre.

— Bien, madame, fit le chasseur en s'éloignant vivement.

Alice n'attendit pas qu'il eût tiré la porte du cabinet pour céder à son émotion. Venant d'un mouvement à Léonie, elle se jeta à son cou et l'embrassa avec l'effusion d'une reconnaissance, dont celle-ci ne pouvait deviner la portée, mais qui cependant la toucha. Elle la soutenait comme elle eût fait de sa fille, extrêmement troublée de sentir les larmes d'Alice lui mouiller la joue. Pas un mot n'avait été prononcé. Pourtant la même pensée les avait envahies toutes deux; une pensée amère, qui leur fit baisser les yeux, quand elles se regardèrent.

— Nous sommes des malheureuses! dit tout bas Léonie.

Quelques minutes plus tard, Alice rentrait chez elle. Elle trouva Fulgence endormie dans son boudoir.

— Ma pauvre fille, lui dit-elle, vous pouvez aller vous reposer.

— Je déshabillerai madame?

— Non, j'attends quelqu'un.

Le fait était inusité; Fulgence regarda sa maîtresse, et celle-ci sentit la rougeur lui monter au front en pénétrant l'étonnement de sa femme de chambre.

— Le docteur! ajouta-t-elle vivement.

— Je resterai pour introduire le docteur, dit Fulgence. Je ne veux pas que madame aille ouvrir elle-même.

Alice l'entendait à peine. Elle ne répondit rien, et se laissa tomber sur un fauteuil pendant que la domestique se rendait à l'office.

Dans l'âtre, où en toute saison il y avait du feu le soir, les étincelles dansaient avec de petits claquements, et la flamme multicolore gambadait de ci de là, surmontée d'un panache de fumée grasse, dont les flocons roulaient les uns sur les autres, entraînant le regard à les suivre, la pensée à se perdre dans leur tourbillon.

Le silence était partout, à peine interrompu au dehors, par le roulement d'une voiture de louage, rentrant au dépôt. L'oreille a sa mémoire comme les autres sens. Certain bruit rappelle des heures passées, des impressions de l'autre temps. Que de fois, jadis, Alice était restée ainsi dans sa chambrette de la rue Lepic, devant un petit feu, enfoncée dans l'unique fauteuil que lui avait abandonné sa mère, écoutant les bruits de la rue déserte, en suivant des rêves, radieux alors!

C'était au temps de ses aspirations artistiques ; le temps où, se croyant douée d'une voix et de moyens supérieurs, elle se berçait d'illusions triomphantes. Toutes lui revenaient à l'esprit en cet instant. Elle se retrouvait crédule et enthousiaste en face d'un avenir enchanté de promesses éblouissantes. La gloire ! la fortune ! la considération ! Elle se voyait acclamée, rentrant près de la veuve Maroteau, à qui elle jetait ses couronnes et ses bouquets. Elle voyait celle-ci heureuse, comblée de soins, entourée de luxe, servie, honorée. Elle se voyait, elle-même, l'objet d'égards inouïs de la part d'un monde aristocratique et respectueux. Des rois venaient à elle pour la féliciter. Quelque fils de grande maison la suppliait de lui sacrifier ses succès et de porter son nom. Et elle ne chantait plus que pour les pauvres!

Ah ! les beaux songes poursuivis jusque dans la confusion du premier sommeil ! Les voilà revenus, ressaisis. Elle s'y laissait aller, perdant à mesure la notion du présent et des faits récents.

Puis, toute cette aurore magique s'assombrit. La triste et amère réalité se dressa en face de sa raison interdite, avec le caractère d'une déduction fatalement logique. Ces beaux songes avaient amené la situation présente, où elle se débattait comme dans un bourbier, où il semblait qu'il n'y eut plus moyen d'enfoncer davantage et encore moins d'en sortir jamais.

Où étaient-ils les triomphes inouïs? Où les hommages passionnés? A leur lieu et place, le début glacial de Bruxelles, la chute de Marseille! Les ovations s'étaient changées en murmures blessants ; le triomphe en confusion.

La misère de ses succès mesquins, durant le temps où elle avait fait partie de la troupe ambulante, lui était comme une chose douce en comparaison de ce qui avait précédé et surtout de ce qui avait suivi.

Ah! ce qui avait suivi! Elle en éprouvait une horreur effroyable, à présent. Mais absorbée par ses souvenirs, il lui semblait que cela ne durait plus; que c'en était fini ; que cela était du domaine de l'autrefois.

Le craquement d'un meuble, en la faisant tressaillir, l'arracha à cette dernière erreur. En jetant un coup d'œil autour d'elle, ce boudoir lui rappela l'atrocité de sa situation. Non ! ce n'était pas fini. Non, elle n'était pas la fille repentante, la Magdeleine pleurant ses chutes, dans quelque désert purifié. Magdeleine ! Non ; mais Alice-la-Mioche, toujours et quand même! Une créature honteuse, faute de s'être suffisamment bronzée dans ces atmosphères fétides ; un être misérable et méprisé par ceux-là mêmes qui la poursuivaient d'hommages ; par ceux-là mêmes qui la servaient ; par le monde entier !

Le sentiment de sa dégradation l'accabla outre mesure ; puis un revirement désespéré se produisit dans son esprit. Il lui sembla que la seule chance qu'elle eût de se dérober à de si cruels tourments, était de dominer tout scrupule et tout remords. Quelle autre issue? Elle n'en apercevait aucune. Autant valait donc, pour n'y pas succomber, pour ne pas devenir folle de regrets et de douleur, autant valait accepter nettement et bravement son abjection ; imiter la voisine, et, cessant de gémir, se rouler en pleine boue, en regardant la société en face. Entrée, par telle circonstance que ce fût, dans une impasse, bien certaine de l'impossibilité de revenir sur ses pas, de quoi servait de s'accroupir à mi-chemin de la pente et de pleurer en se frappant la poitrine? Qui lui jetterait un regard de compassion? Qui lui tendrait la main? Personne.

Pas de milieu, il fallait, pour se soustraire à la douleur morale qui lui déchirait le cerveau, avoir l'énergie ou de se tuer, pour en finir, pour ne plus penser, pour ne plus se repentir, où, étouffant dans le bruit, dans les amours déréglées, les révoltes de sa conscience, il fallait se lancer en avant, tête baissée, et plonger jusqu'au plus profond de la débauche.

Se tuer! Le suicide?... Pour la première fois de sa vie, elle analysa cette pensée, s'y arrêtant avec une sorte de curiosité, se demandant s'il était facile ou non de mourir, par sa propre volonté.

Au fait, comment peut-on se tuer? Ce n'est pas tout que de décider qu'on veut mourir, il faut en venir à une action effective, à laquelle elle n'avait jamais songé.

Curieusement, elle passa en revue les différents procédés offerts à la créature par sa propre industrie, pour se délivrer de l'existence. Mais loin de s'habituer à l'idée de la mort, la peur l'envahit. Il lui courut des frissons par tous les membres, son visage se contracta ; on eût dit qu'elle allait crier, appeler au secours. Et il lui sembla bien plus aisé de trouver l'oubli de soi, de dompter ses scrupules en s'abrutissant par le dérèglement excessif.

Aux tableaux lugubres succéda, dans son imagination, la fantasmagorie des orgies sur lesquelles elle se rabattait. Elle s'apercevait en bacchante échevelée, la poitrine au vent, riant, buvant, chantant, debout sur une table jonchée de bouteilles et de mets gaspillés. Des amis, des amants l'entouraient, applaudissant, l'excitant davantage. Ils la proclamaient reine et voulaient la porter en triomphe, sur quelque plat d'argent, pavois classique des courtisanes.

L'un d'eux grimpait déjà sur un siége pour la saisir et la couronner de fleurs. Et sans interrompre sa chanson lubrique, elle tournait la tête vers lui... Horreur! c'était le spectre de Caudheille ; pas même lui : ses ossements qui s'agitaient en craquant, sous ses habits de fête.

Le cri qu'elle poussa la tira de ce cauchemar qui l'oppressait à l'étouffer. Elle se leva vivement, cherchant un livre, pour ne pas retomber dans ce courant d'idées abominables. Mais elle ne parvint pas à comprendre le texte que ses yeux suivaient machinalement.

Puis elle réfléchit encore, et en faisant la somme de tout ce qu'elle souffrait, elle dit lentement :

— Qui donc nous a appelées des filles de joie?...

Un coup de sonnette retentit à l'antichambre. C'était Adrien qui venait à son appel. Il était quatre heures et demie du matin.

VII

Après avoir ramené la veuve Maroteau chez elle, le jeune docteur était rentré, et, selon son habitude, il s'était mis au travail, s'absorbant, en dépit des rires, des cris et des chants bachiques de ses trop nombreuses voisines, chez qui il y a réception tous les soirs. Et tandis qu'on s'interpellait d'une fenêtre à l'autre, demandant à s'emprunter toutes sortes de choses, y compris les invités parfois, il parvenait à fixer ses facultés sur un point d'étude.

Vers deux heures, sentant s'accuser la fatigue, il avait quitté son cabinet pour rentrer dans sa chambre, qui donnait sur la rue. De ce côté, le calme s'était relativement produit. A peine l'éclat de voix de deux amis, fortement rafraîchis, qui s'expliquaient leur caractère ; le bruit d'une porte cochère retentissant dans l'obscurité, le chuchottement de deux amoureux qui se disent : « A dimanche! » et le pas vainqueur d'un don Juan satisfait, qui regagne son quartier, en pestant contre lui-même de ce qu'il a oublié de prendre du feu, chez sa Dulcinée, pour allumer le cigare, qu'il mâchonne avec dépit.

Adrien, accoudé à la fenêtre, humait la brise qui rafraîchissait son front, laissant son regard errer dans les profondeurs du ciel, plein d'étoiles brillantes.

Plongé dans ces vagues réflexions que procure la contemplation des mondes célestes, il ne prit pas garde à deux ombres qui, ayant tourné le coin de la rue Labruyère, s'étaient arrêtées de l'autre côté de la rue. Cependant, l'appel de son nom le tira de ces hauteurs.

— Adrien, fit une voix. Est-ce vous, docteur ?

— Oui, répondit-il. Qui est là?

— Octave.

— Montez, dit le jeune docteur, pressentant quelque raison grave, à cette visite inattendue.

Un moment après, Octave et le bon comte d'Iosk entraient dans son cabinet.

Octave venait lui demander de lui servir de second.

Adrien refusa net.

— Pourquoi ? demanda le jeune homme, dissimulant mal son déplaisir.

— Parce que, répondit Adrien, je vous aime beaucoup ; parce que madame votre mère me reprocherait, très justement, de vous avoir facilité les moyens de commettre une mauvaise action envers elle ; parce que, encore, le motif de la provocation est une gaminerie de viveurs en goguette, et enfin, parce que — pardonnez ma netteté — parce que je ne suis pas assez sûr que toute cette grave affaire n'ait un dénoûment pitoyable.

— Quoi! fit Octave, me supposeriez-vous disposé à me prêter à une comédie ?

— Il me semble, ajouta l'époux de la « belle Euphémie, » que l'attitude prise par moi en cette affaire, vous couvre suffisamment, docteur ?

—Qu'elle me couvre, reprit Adrien en souriant intérieurement, j'en suis à peu près certain. Mais me couvre de quoi?... Si c'est de gloire, j'en serai bien surpris, je vous l'avoue, mon cher comte.— Non, ajouta-t-il, avec fermeté, je ne puis accepter le rôle que vous m'offrez, et vous devriez de même refuser votre concours, au bouillant Octave, qui a tous les torts, au surplus : tort d'avoir pris si cavalièrement la danseuse d'un « gentleman qui ne lui avait pas été présenté! » fit-il en appuyant ironiquement; tort enfin de s'être oublié jusqu'à se conduire comme un garçon sans éducation. De fait, Octave n'a besoin ni de vous ni de moi. Il est l'offenseur, il n'a qu'à se mettre à la disposition de son adversaire, et, l'heure de celui-ci prise, se rendre au rendez-vous, après avoir prié les deux premiers soldats venus de l'accompagner. Voilà mon avis!

Octave et le comte se regardèrent, ne sachant que répondre; mais bien décidés à ne pas du tout suivre, cet avis, qui, si *crâne* qu'il fût, n'était pas pour les satisfaire. Ce n'était plus « une affaire » cela, une « affaire d'honneur! » Plus de pourparlers, d'entrevues, de procès-verbaux! Plus moyen d'accaparer pour un moment l'attention de la galerie. Anatole d'Iosk, principalement, lui qui était avide de notoriété, ne s'arrangeait pas d'un tel programme, et il se répétait dans son for intérieur, avec une bonne foi parfaite :

— Mais non! ça n'est pas ça! Il n'y est pas du tout le docteur!

Il allait même prendre la parole pour plaider sa thèse, quand le portier pria Adrien de sortir un moment.

Sur le carré, celui-ci trouva le chasseur du Café Anglais, qui lui remit le billet d'Alice. Seulement, l'ayant reçu des mains de Léonie Boutelier, il dit venir de la part de celle-ci :

— Tenez, fit le jeune docteur en revenant dans son cabinet, et en mettant sous les yeux des jeunes gens, le billet qu'il venait de recevoir, voici de quoi me confirmer dans ma détermination, s'il me restait une hésitation. L'étrange « affaire d'honneur! » à laquelle des Léonie Boutelier et des Alice-la-Mioche sont mêlées! Et remarquez que rien n'y manque : ces dames s'en mêlent d'un des cabinets du Café Anglais! Elles ont dû en conférer avec Ernest. Qui sait si le chasseur n'a pas donné son conseil. Allons! fit-il, vous êtes fous! Je ne puis rien pour vous, mon pauvre Octave. Vous avez fait une sottise, et je crains bien que vous n'y risquiez qu'un peu de ridicule. Pour moi, je vous aime assez pour vous le souhaiter sincèrement. Mieux vaut cela que d'exposer votre mère et vos sœurs à un chagrin. Toutefois, si le ciel méconnaissait la ferveur de la prière que je lui adresse; si vous allez sur le terrain, en un mot, je vous y accompagnerai, mais en ma qualité de médecin, pas autrement.

Octave parut froissé.

— Comment! fit-il en soulignant, « si je vais sur le terrain. » En doutez-vous?

— Ne vous méprenez pas sur la portée de mes paroles, répondit Adrien. Si l'on vous y appelle, je n'ai pas à supposer que vous vous y fassiez attendre. J'espère même que vous vous y conduiriez de façon à faire oublier les raisons qui vous y auraient amené; mais je ne vous blâme pas moins de vous être mis en situation d'y être conduit en cette posture.

Octave, qui était entré dans ce cabinet d'un pas délibéré, un peu bouffi d'une certaine fierté, qu'il croyait sincèrement chevaleresque, en sortit dérouté, confus, presque penaud. En dépit de ce que lui rabâcha son premier témoin, en redescendant au boulevard, il se vit dans une nasse assez sotte. De quelque manière que les choses tournassent, il sentait à présent qu'il n'y aurait guère qu'un rôle misérable. Et si, pour comble, il allait se faire pourfendre?

Le souvenir de sa mère et de ses sœurs, qu'Adrien avait évoqué, le troublait infiniment; car, la vie imbécile qu'il menait ne l'avait encore ni corrompu, ni abêti complétement.

Et puis il se souvenait de propos et d'appréciations entendus, à la suite d'affaires semblables, arrivées à d'autres: du duel de Caudheille, par exemple.

— C'est un sot! avaient dit certains jeunes gens, qui peut-être, tenaient pour son adversaire. Il n'a eu que ce qu'il méritait.

C'est à peine, d'ailleurs, si l'on en avait parlé deux jours, et, en buvant, en faisant la partie; entre deux vins, entre deux coups de cartes!

Ainsi, voilà tout ce que rapporte une affaire si grave, où la vie est en question? Quelques commentaires plus ou moins malveillants! Un jeu de dupe en ce cas! A quoi avait-il songé, en s'empêtrant dans une si piètre et lugubre aventure? Il s'en voulait à mort, et il se jurait bien ses grands dieux! de ne jamais recommencer, si...

Mais voilà : « Si!... »

Et, avec une singulière attention, il repassa dans sa mémoire tout ce qu'Adrien venait de lui débiter. Dans les reproches de celui-ci, n'y avait-il pas de même un « si... »? mais plus rassurant, ce dernier, s'il s'en fiait à l'impression qu'il lui en restait? Certainement, Adrien avait laissé percer un doute, sur l'issue de l'affaire. C'était même l'une des raisons qu'il avait données pour refuser d'être témoin. Le docteur pensait-il donc qu'on pouvait ne pas aller sur le terrain?

Mais non! c'était impossible. Le duel était inévitable. Le moyen que Steïnburg ne poussât pas les choses jusque-là? Adrien n'avait pas compris la gravité de l'affaire; il s'était trompé...

A cette pensée, Octave eut beau faire, une voix intérieure, celle d'une sorte de Second Moi, murmura tout bas :

— « Tant pis! »

Le pauvre garçon réagit, du moins, contre ce cri de la bête, qui est en nous, contre cette explosion de notre plus persistant instinct : celui de la conservation. Il se raidit contre toute faiblesse et se sentit prêt à aller jusqu'au bout. Mais le Second Moi ne se domine pas du premier coup ; il reprend en sous-œuvre, insinuant et vivace :

— Cependant, murmurait-il, le docteur n'est pas un garçon léger, qui parle pour ne rien dire ! Pourquoi aurait-il répété : « Je crois que vous vous conduirez convenablement sur le terrain, *si l'on vous y appelle !* »

Ce conditionnel ne permettait-il pas un vague espoir ?

Ah ! le dur moment, même pour les plus braves ! Que de retours sur soi-même, que d'anxiétés, d'angoisses ! Et que ne donnerait-on pas, pour croiser le fer sur l'heure et en finir, dans le moment.

A la fin, Octave se secoua et se ressaisit pleinement. Il ne voulut plus penser au docteur. Un fait était là : il lui manquait un témoin ; il fallait se le procurer.

A tout hasard, il entra avec le comte d'Iosk à la Maison-Dorée. En y apprenant la présence de bon nombre de ces messieurs, il pensa n'avoir que l'embarras du choix. Cependant, il débuta par essuyer trois refus, déguisés sous des prétextes d'ailleurs plausibles, et il dut s'estimer heureux d'avoir enfin parole de Cadet-Rousseau, qui, malgré tout l'esprit qu'il s'accordait, ne sut qu'imaginer, pour décliner la corvée.

Après le départ d'Octave et du comte, Adrien froissa violemment le billet d'Alice.

— Certes, non ! s'écria-t-il, je n'irai pas !

Et pour être sûr de ne pas faillir, il commença à se déshabiller, afin de se mettre au lit.

Pourtant, il avait changé de résolution, ainsi qu'on l'a vu, à la fin du chapitre précédent. C'est qu'en dépit des plus beaux raisonnements du monde, la femme qui nous occupe et nous possède, fût-ce malgré nos dents, exerce un empire souverain sur nos facultés. Et quoi qu'il dît ou fît, Adrien adorait Alice, d'autant plus qu'elle ne lui avait jamais valu que des douleurs. La raison pourra paraître illogique, et pourtant c'est une loi naturelle, partout et toujours vérifiée : nous aimons en raison directe, de ce que l'objet aimé nous coûte.

C'est l'explication de la préférence des parents pour le plus chétif des enfants, et si l'on y regarde de près, rien n'est plus simple, ni plus juste au total. Voyez, par contre, combien l'objet aisément accueilli lasse ; combien la délectation, la possession refroidissent. Vous souvient-il d'avoir été disposé à toutes les extravagances, à tous les sacrifices pour toucher un cœur qui paraissait vous échapper ? Souvenez-vous du lendemain du triomphe : « Ce n'était que cela !... »

Toutefois, le jeune docteur, si épris qu'il fût, avait cette puissance de volonté, ce sentiment de sa propre dignité, qui préserve des chutes. Mais ce n'était ni sans lutte, ni sans souffrances intellectuelles qu'il parvenait à se maîtriser, et chaque crise l'attachait davantage, et bien contre son gré, à cette « misérable fille » qu'il s'efforçait de mépriser, sans jamais pouvoir arriver à se la rendre indifférente.

Après s'être couché, il sentit si bien sa résolution chanceler, qu'il se releva, rallumant sa lumière, pour rechercher, dans les cendres de l'âtre, le mot qu'elle lui avait écrit. Il le relut. Il en pesa les termes tant et si bien que un peu furieux contre lui-même, il remit ses vêtements et partit.

Il cédait. Mais ce n'était pas sans une honte intime qui, à son arrivée chez elle, lui fit affecter une brusquerie déplaisante. Que lui voulait-elle ? Qu'y avait-il donc de si grave, pour qu'elle le dérangeât ainsi ? — Ce duel ? Eh bien, en quoi cela le regardait-il ?...

Il la rudoya presque.

— Adrien, lui dit-elle, vous avez tous les droits du monde de me froisser et de m'humilier. Je ne me plaindrai jamais des duretés que vous ne croirez pas devoir m'épargner. Mon silence est la seule manifestation de reconnaissance, qui me soit permise envers vous.

— Ni reconnaissance, ni autre chose ! répondit-il brusquement. Je sens ce à quoi vous faites allusion : l'amitié respectueuse que je garde à votre mère, n'est-ce pas ? Mais si vous voulez ne m'en pas décourager, ne m'en parlez jamais : cela est entre votre mère et moi, sans plus.

— Soit ! fit Alice, je n'y reviendrai pas. Du jour où je suis partie, je ne compte plus pour elle, ni pour vous : c'est justice. Mais ce qui est antérieur, Adrien, permettez-moi de l'évoquer. Permettez-moi de vous rappeler que vous avez été mon ami, un ami méconnu sans doute, mais...

— Il n'importe pas ! dit le jeune homme en l'interrompant, poursuivez. Qu'attendez-vous de moi ?

Il n'avait jamais été si rude et si cassant envers elle. La pauvre fille, déjà trop secouée par les événements de cette soirée, ne put se maintenir. Un sanglot lui échappa.

Adrien s'en sentit à ce point troublé qu'il faillit faire un mouvement vers elle.

Mais ce ne fut qu'un éclair, que la colère domina aussitôt. N'allait-il pas avoir la lâcheté de s'attendrir sur cette créature odieuse d'imbécillité qui, aimée, honorée par un brave et honnête garçon, disposé à tout entreprendre pour lui procurer les douceurs d'une existence brillante, avait été, de propos délibéré, se rouler dans le vice le plus bas? Il s'indignait contre lui-même, de la fugitive défaillance, que ses pleurs lui avaient fait éprouver, et son visage ébaucha un sourire blessant. Qu'allait-elle aussi rappeler ce passé que, dans le secret de sa conscience, à lui, il regrettait de jour en jour, plus douloureusement ?

En apercevant ce sourire insultant, Alice essuya ses larmes et se redressa légèrement.

— Ecoutez, dit-elle, c'est trop, et vous y mettez de la cruauté. Pourtant, il faut m'écouter jusqu'au bout; il faut souffrir que je vous apitoye sur moi. Si indigne que je sois, vous ne pouvez pas vouloir me réduire à la dernière extrémité du désespoir, en refusant de m'entendre. Quoique je vaille, à quelque avilissement que je sois tombée, il y a un fait contre lequel je m'insuge, c'est qu'on m'interdise le droit d'empêcher qu'un homme soit tué à mon sujet. Je consens cependant à ne pas me mettre en cause; je ne cherche pas à provoquer votre compassion. Laissez-moi à ma fange; mais ayez pitié de ce malheureux garçon, ayez pitié de sa mère, de ses sœurs... Ah! fit-elle en se tordant les bras, j'oublie!... j'oublie qu'une fille comme moi salit tout ce qu'elle touche. Soit encore! Aussi bien, reprit-elle d'une voix vibrante et en s'approchant d'Adrien, aussi bien, ce n'est pas vrai, c'est moins pour ces personnes, c'est moins pour Octave que pour moi, que je vous supplie de vous employer à empêcher ce duel. Je vous fais horreur, je ne vous inspire plus que du dégoût, tant pis! Mais j'ai peur; mais je suis folle de douleur, et me voilà à vos pieds, vous suppliant à mains jointes de ne pas laisser votre ami aller sur le terrain. C'est un homme mort, vous dis-je! L'autre le tuera comme un chien, froidement, en vue de calculs fermement arrêtés. Eh bien! moi, je ne le veux pas; moi, je vous conjure d'intervenir, de le sauver, de m'éviter, à moi, le plus cruel châtiment, que je me sois encore attiré; voilà tout.

Le jeune homme avait tourné la tête et restait silencieux.

— Adrien, dit-elle en s'approchant encore, au point d'être accroupie devant le fauteuil, où il s'était laissé tomber, Adrien, il n'est pas d'humiliation que je n'accepte de votre part; je ne m'illusionne pas, d'ailleurs, sur le degré de répugnance que tout cela vous inspire, c'est misérable et honteux, c'est ma faute, je suis cause de tout; mais je suis éperdue, je demande grâce, sauvez-moi d'une fin horrible, épargnez-moi des remords épouvantables.

Sans y prendre garde, elle avait appuyé ses mains suppliantes sur le genou du jeune homme, et, baissant la tête, elle pleurait en cette attitude.

Adrien ramena son regard vers elle, et il la contempla, en silence, songeant avec plus de calme, au sentiment qui dictait les paroles de la malheureuse. Puis de pensée en pensée, il en vint à se demander, si dans sa sévérité, à lui, il n'y avait pas l'élément d'une excitation spéciale et intéressée. L'eût-il si fort repoussée, s'il ne l'eût jamais aimée? Ne serait-il pas, jusqu'à un certain point, touché de ses scrupules, si elle lui eût été toujours indifférente.

Et puis encore, était-elle seule coupable de la dégradation à laquelle elle en était venue, et dont lui se sentait si excessivement blessé? L'éducation que cette jeune fille avait reçue, l'insuffisance de madame Maroteau n'étaient-elles pour rien dans la chute de cette courtisane éplorée? Et qui sait si les choses eussent tourné de cette façon lamentable, au cas où lui-même, au lieu de renfermer les sentiments qu'il lui avait voués jadis, se fût ouvert, à elle ou à sa mère, des espérances qu'il caressait?

Tout à coup, un éclair de joie indicible illumina l'âme de la triste fille. Abîmée dans ses réflexions lugubres, doutant de le voir fléchir, elle avait senti sur ses mains croisées l'impression humide et tiède d'une larme. Elle releva vivement la tête. Elle ne s'était pas trompée : Adrien pleurait.

Le mouvement qu'elle fit le rappela à la situation, et se levant, il alla reprendre son chapeau.

— Prenez un peu de repos, lui dit-il, je verrai Octave et ferai de mon mieux pour vous satisfaire.

Elle avait envie de lui baiser les mains. Elle se tut, cependant. Il sortit.

Au lieu de remonter les hauteurs, par le quartier Saint-Lazare, il tourna vers les boulevards. Ce n'est pas qu'il l'eût décidé; il ne savait trop où il en était, inconscient de l'heure et de la route qu'il suivait. En telle circonstance, c'est un instinct bien parisien qui vous pousse aux boulevards; il semble que ce soit non le plus court, mais le plus sûr. Où qu'on loge, une fois là on se tient pour arrivé. C'est comme un pôle, vers lequel on se tourne machinalement.

Déjà quelques-uns de ces employés dont le labeur commence à l'aube, arpentaient les trottoirs d'un pas pressé. Un ou deux fiacres, dont le cheval et le cocher dormaient, stationnaient encore à la porte d'un restaurant. Des voitures de bouchers filaient grand train sur la chaussée que balayaient les escouades municipales, et les premiers rayons du soleil teintaient gaiement les girouettes des hautes maisons, pendant que, par bouffées, la brise un peu vive apportait, des plateaux qui couronnent la ville, ces vagues senteurs de la première séve des bois.

Le silence relatif de ces grandes voies, bordées de massives constructions silencieuses et closes, faisait croire à une ville abandonnée, sorte de Babylone décimée par quelque fléau.

Au tournant de la Chaussée-d'Antin, le docteur vit déboucher un étrange équipage, bondé de gens plus étranges encore. C'était une de ces vieilles calèches sonnant la ferraille, dont les roues tournaient en zigzag sur un essieu faussé. Le cheval boitillant, dans ses harnais trop larges et rajustés de bouts de ficelle, trottinait, la langue pendante, et montrant une insensibilité stoïque aux coups de fouet, qui semblaient lui procurer, tout au plus, la sensation d'un chatouillement superficiel et non autrement fâcheux.

Sur le siége, à la place du cocher qui était relégué au plan de valet de pied, Ben-Chi-Chef, un peu ivre, tranchait du sportman, en exagérant à dessein, pour rire, la prétentieuse raideur des cochers anglais.

Dans la calèche, un pêle-mêle de jeunes gens débraillés, pris de vin, chantant et criant des insanités licencieuses. Ils étaient bien six, empilés sur les banquettes, portant leur chapeau au bout de la canne, suçant des cigares éteints, laissant pendre une jambe en dehors du véhicule démantibulé, et se vautrant plus ou moins sur les jupes et les dentelles d'une pauvrette qu'ils appelaient tantôt « mon ange », tantôt « ma vieille » en la tutoyant de toutes les manières.

Enroulée dans une sortie de bal abominablement chiffonnée, celle-ci ne ripostait guère, se contentant de sourire par complaisance, aux sottises qu'ils débitaient. On voyait qu'elle était de sang-froid, au milieu de ces « *pochards distingués* » qui, à tout prendre, l'incommodaient à tous égards. Ses grands yeux battus par l'insomnie, contemplaient, avec une nuance de dégoût aggravé d'inquiétude, ces pâles jocrisses, qui s'imaginaient faire de l'originalité et s'amuser en gentilshommes.

De temps en temps, elle avait la mortification d'en rappeler quelqu'un à une certaine mesure. Et d'un ton de prière, elle répétait à celui qui conduisait la fournée.

— Je t'en prie, Ben-Chi-Chef, ramène-moi chez moi.

— Pas du tout !

— Jamais !

— Elle serait bonne, celle-là !

S'écriaient ses compagnons en chœur.

— Je n'en peux plus ! faisait-elle. J'en serai malade. Je veux rentrer !

— Au bois ! hurlaient les autres.

Et Ben-Chi-Chef, faisant des mines de paillasse, se croyait le plus plaisant du monde en répondant :

— On y va, mon bourgeois.

De fait, le véritable cocher le trouvait très spirituel et amusant.

Le docteur pensa que tout n'est pas couleur de rose, pour les femmes de ce monde-là.

Ayant pris la rue Laffitte, gravi la pente Notre-Dame-de-Lorette, il fut tout surpris de constater une grande animation dans la rue Pigalle, devant sa maison même. Beaucoup de locataires étaient aux fenêtres ; et des groupes, maintenus par des agents de police, encombraient la chaussée.

En approchant, il aperçut, rangées le long du mur, une quarantaine de femmes en piteuse posture, vêtues, à la diable, de robes trop luxueuses; la plupart tenaient un petit paquet à la main. Le plus grand nombre, des enfants de vingt ans, avaient les yeux baissés. Deux ou trois, pis que mûres, regardaient la foule d'un air gouailleur et effronté. Les curieux les insultaient.

De moment en moment, les agents en amenaient une nouvelle, qu'on accueillait par des quolibets et des ricanements.

C'était une râfle de police; opération qui consiste à fouiller les garnis de certains quartiers généraux de la galanterie de bas étage, afin d'enrôler de force les femmes qui se soustraient à la surveillance de la préfecture. Un spectacle écœurant et qui n'est pas sans révolter, quand on pense que la majeure partie des spectateurs est composée de ceux-là mêmes qui logent, nourrissent et exploitent l'industrie de ces malheureuses.

Et le docteur pensa à ces jeunes gens de la calèche qui n'étaient pas exposés, eux, à pareille avanie ! Cela ne lui sembla pas bien juste, que ceux qui entraînent ces femmes, et se roulent avec elles dans ces malpropretés, n'eussent qu'à secouer la poussière de leurs chaussures, pour en sortir indemnes.

En rentrant chez lui, il se jeta sur son lit tout habillé, se proposant d'aller trouver Octave quelques heures après. L'esprit agité, les nerfs tendus, il tomba dans une somnolence factice, pleine de rêves incohérents, où ce qui le préoccupait se tra duisait en tableaux fantastiques.

Le spectacle de ces créatures arrêtées par l'autorité, partant deux à deux, à travers des curieux agressifs, lui restait en mémoire d'une façon persistante et pénible. Il les voyait défiler devant lui, une à une ; toutes avaient le visage d'Alice ; toutes tournaient vers lui des regards suppliants, lui répétant ce que celle-ci lui avait dit cette nuit même. Et il s'apercevait, insensible et cruel, se joignant à la foule qui les accablait de sarcasmes. Il avait honte de lui-même et suffoquait de ne pouvoir rompre cette vision douloureuse où il avait un rôle odieux.

Le cauchemard continuant, il voyait derrière le convoi mené par les agents, comme à la chiourme, une vieille femme désolée qui priait le commissaire de faire grâce à l'une d'elle, de lui éviter l'infamie de la prison.

Cette vieille, il ne parvenait pas à voir ses traits. Tout à coup, rebutée par le fonctionnaire, elle s'approchait de lui, et il reconnaissait la veuve Maroteau.

— La laisserez-vous aller? lui disait-elle. Ne l'arracherez-vous pas à cette honte? Et sommes-nous bien innocents, vous et moi, de son inconduite? Qu'avons-nous fait pour l'armer contre elle-même?

Et puis, on arrivait devant une sorte de juge, et c'était Adrien qui se trouvait l'accusé.

— Quoi! disait le magistrat, vous avez aimé cette fille et vous n'avez rien entrepris pour la tirer de la débauche!...

Quand il s'éveilla, son front ruisselait d'une sueur glacée, ses membres étaient brisés, et un cercle de fer étreignait ses tempes.

Il eut peine à se ressaisir; une souffrance morale s'imposait à lui, dominant sa volonté, l'obligeant à examiner les choses à fond, afin de se soustraire à une torture vague mais persistante, qui lui devenait insupportable. Il fit son examen de conscience, hardiment, sans arrière-pensée. Il s'avoua qu'il n'avait pas cessé d'adorer Alice; mais, il constata de même que cet amour était désormais définitivement sans issue.

En effet, il ne se pouvait pas qu'il pardonnât au point de jamais donner son nom à une femme qui se trouverait avoir été appelée «Alice-la-Mioche», à une courtisane en renom. C'eût été briser sa carrière; mais, bien plus, c'eût été se condamner à un martyre incessant. Quant à en faire sa maîtresse, il se défendait de cette idée comme d'une indignité; toutefois, le cœur humain est ainsi fait qu'il était obligé de s'en défendre.

C'est que nos désirs, nés d'instincts qui se dérobent à la volonté, ne sont pas sans influence sur elle. Tout ce qui, en nous, est du domaine de ce que les physiologistes ont nommé le grand sympathique, réagit sur le cerveau, lui prodiguant des incitations qui, dans une certaine mesure, l'oppriment, et en plus d'un cas, le domptent, suggérant ces compromis qui étonnent de la part de certains caractères qu'on croyait fermement trempés, excitant la conscience à contourner les difficultés, à trouver des biais, à s'accommoder de pis-aller étranges.

C'est que ce grand sympathique, puisque grand sympathique il y a, fait bon marché des préjugés, des lois sociales, voire de la morale courante. Etranger aux nécessités de la vie de relations, il n'a que des appétits ardents comme la soif, persistants et d'une ténacité menaçante. C'est lui qui, durant la veille laborieuse, fait danser dans la pénombre les attraits fantasmagoriques de ce qu'il souhaite; c'est lui qui tourmente le penseur et qui, plus souvent qu'on ne le suppose, domine le poëte.

C'est « la bête, » c'est ce « Second Moi » qui nous mène, en dépit de notre raison, et que les écrivains modernes ont trouvé plus commode de poétiser, d'idéaliser, y trouvant facile matière à sorties déclamatoires et à revendications soi-disant éloquentes et philosophiques.

Bien peu de natures d'homme sont à l'abri de ce phénomène, peuvent toujours interdire la parole à ce mauvais conseiller intérieur, qui sait exactement le fond des choses, connaît les côtés faibles, et se fait d'autant mieux entendre qu'il parle au nom d'aspirations naturelles, de besoins innés.

Cet instinct avait bien souvent tourmenté le jeune docteur, qui n'était pas parvenu à le décourager définitivement. Cette fois encore, il le sollicitait à ne pas trancher la question sans examiner les choses. Qui sait! peut-être était-il possible de concilier les projets d'avenir, les obligations professionnelles, avec cet amour indomptable? Qui forçait Adrien à l'étaler au grand jour? Ne pouvait-il faire plusieurs parts de sa vie? La plus grande réservée aux sciences, au travail, et quelques heures de repos à cette femme, mise à l'abri de la débauche, dans un réduit discret et à mesure plus cher à son cœur?

Après la tourmente des premières années de sa jeunesse, Alice vivrait là paisiblement, avec une dignité relative, éprise en raison de la gratitude qu'elle garderait à l'homme qui, jusque dans une certaine mesure, l'aurait réhabilitée ?

La réhabilitation ! Grande idée presque à la mode, dans la littérature contemporaine.

Cependant la raison se cabrait, trahissant des répugnances énergiques : le souvenir de Caudheille surgissait, menaçant de déconcerter les instincts les plus obstinés. Caudheille ! cela voulait dire : un amant !

Eh ! oui, un amant ! Pas à nier ; un amant ! Mais un seul !... Et mort !... Après tout, on s'éprend bien d'une veuve ! Et puisqu'il n'était pas question d'épouser !...

Peu à peu, comme on voit, le pauvre garçon glissait sur la pente. Déjà il imaginait, aux environs de Paris, une maisonnette décente et silencieuse, ombragée d'arbres verts, où il revenait en hâte le soir, après tout un jour de travail. Par la grille, ses yeux entrevoyaient, en imagination, Alice, transfigurée, brodant au pied du perron, dans l'attitude de la Magdeleine pardonnée, absoute, purifiée. Eh ! mon Dieu ! oui, purifiée par l'amour ; mieux encore, par la maternité ! un bel enfant jouait dans les plis de sa robe.

— Ah ! s'écria-t-il, en se prenant la tête à pleines mains, c'est atroce. Non ! encore une fois, jamais ! Non, cet amour m'obsède. Il faut l'arracher violemment de mon cœur, quitte à le mettre en lambeaux. Non, je suis fou ; je suis lâche ; il faut me sauver de moi-même. Il faut partir, rester absent, durant des années, mettre l'Océan entre nous ; il faut l'oublier à tout prix !

Partir !...

L'instinct rebondit à ce mot.

— Partir ; soit ! murmurait une voix mystérieuse à l'oreille du pauvre garçon. Mais, partir... seul ? Pourquoi pas avec elle ? Ce serait plus sûrement la tirer du gouffre où, dans son abandon, elle peut se laisser sombrer à jamais ; au point d'être rencontrée, quelque jour, dans la situation de cette pauvrette, aperçue tantôt dans cette calèche détraquée, où grouillaient des viveurs ivres ; au point d'être à son tour, traînée à travers Paris, jusqu'à la Préfecture, entourée d'argousins !

L'infortuné, subissant le courant d'idées, se prenait à songer à la posture qu'elle pourrait garder, en exil, en des pays où l'on ne connaît pas les « Alice-la-Mioche. » Ne pourrait-on pas, là, lui faire une personnalité nouvelle ; la remettre d'aplomb, la relever assez pour que la réhabilitation soit à la fin complète ?

L'exil ! mais l'exil éternel ; voilà le seul moyen qui restât. Et il y arrêtait sa pensée ; non sans une âcre satisfaction qu'il se reprochait en même temps.

Cependant, à la fin, l'orgueil se révolta. Etait-il fait pour un rôle de cette sorte ? Instruit, intelligent, laborieux, fallait-il sacrifier des gloires possibles à je ne sais quelle incitation sentimentale, dont, après tout, le temps devait avoir raison ?

Eh bien ! non, encore ! Non, mille fois ! Qu'il eût de la pitié pour les scrupules de cette fille, soit ; qu'il l'aidât, si l'occasion s'en trouvait, à sortir du bourbier, soit encore ; mais il ne devait pas aller au delà. Et, d'un voix ferme et calme, sans exaspération d'aucune sorte, il répéta :

— Jamais !...

Il sentait sa colère éteinte. Il pensait pouvoir se faire l'ami de cette égarée repentante et lui accorder du secours pour la faire rentrer dans une voie moins ignominieuse. Cela bien résolu, il se crut fort et bien préservé contre de nouvelles défaillances.

L'heure étant venue, il prit son chapeau pour aller trouver Octave.

VIII

A peu près au même moment, le coupé d'Alice, remontant la rue de l'Arcade, gagnait les hauteurs de Batignolles, se dirigeant au grand trot vers Clichy.

Eugène ne revenait pas de sa surprise. Depuis son entrée en fonctions, il n'avait pas eu quatre heures de repos, et voilà que, dès le grand matin, il avait fallu remonter sur son siége. Où diable le palefrenier avait-il pris qu'on n'avait jamais les ordres avant l'après-midi ?

Cependant, il prenait son mal en patience, et n'épargnait pas le *chic*, quoique ce fût visiblement en pure perte, à un tel moment et dans un quartier aussi populeux. Pouah ! il en était contrit, le brave garçon ! Ses narines se scandalisaient des senteurs de soupe à l'oignon, qui s'épandaient dans l'atmosphère. Son père, au contraire, s'en fût pourléché les babines. Tout progresse en cet heureux temps !

Il arriva bientôt à la Seine, et se présenta au pont qui relie le nouveau pays de Levallois au village d'Asnières ; puis, ayant traversé, il tira sur la gauche, passa sous le chemin de fer, et tournant à droite, il prit une avenue qui grimpe, en pente douce, jusqu'au petit coteau de Courbevoie.

Bientôt, il arrêta son cheval, se rangeant le long du trottoir, devant une grille garnie de persiennes, que la vigne vierge envahissait de toutes parts. De grands peupliers, surgissant de touffes d'acacias, encadraient et ombrageaient une maisonnette d'assez agréable apparence.

Alice descendit de voiture et sonna. La grille s'ouvrit d'elle-même devant la visiteuse, qui, n'apercevant personne, ferma la porte et suivit une allée encombrée de plantes parasites, qui conduisait directement à un perron, sur la rampe duquel séchaient quelques torchons en loques.

Comme la jeune fille mettait le pied sur la première marche, un vacarme étourdissant de japements subaigus l'intimida légèrement, et elle vit sortir de l'habitation, une ribambelle de chiens épagneuls, havanais, carlins qui se bousculaient à l'envi. Dans le nombre, il y avait une chienne aveugle, qui suivait les autres au flair, et la plupart avaient des plaques dénudées qui trahissaient une maladie de peau. Tous, au surplus, marquaient une obésité précoce et répandaient cette odeur rance qui est spéciale à la race canine extra-domestiquée.

— Louloute ! Gusman ! ici, mes chéris, fit une voix de femme, qu'Alice fut heureuse de reconnaître, tant elle craignait de s'être trompée de maison.

Les chiens n'en firent ni plus ni moins, à cela près qu'ils battirent en retraite, en s'élançant sur tous les meubles d'un salon où la jeune femme pénétra à leur suite.

Ce salon, qui eût pu être un salon comme un autre, et même assez luxueux, avait ce cachet particulier aux intérieurs des êtres qui, partis d'une loge de portier, sont parvenus à une situation de fortune inespérée. C'était un encombrement disparate, qui eût été peut-être d'un effet, à certains égards, comique, n'eût été la malpropreté générale, de fondation, et visiblement consentie par les habitants. Un véritable chenil, tant à cause des miasmes que les chiens galeux y répandaient, qu'à cause du pêle-mêle indescriptible, qui surchargeait siéges, tables et consoles. Des paquets de vieux journaux empilés entre la pendule et les candélabres de la cheminée, montaient en colonne inclinée jusqu'au milieu d'une glace de Venise. Aux branches des girandoles, une casquette graisseuse était accrochée. Sur le piano, des espadrilles à côté d'un corset de satin éraillé d'une capacité rabelaisienne. Une pipe juteuse placée dessus, bavant la cendre du culot sur le clavier, taché de bougie, dont quelques touches avaient été roussies par le dépôt d'un cigare.

Le divan, en damas de soie, supportait, outre les chiens teigneux, blottis dans les creux, un fouillis de vieilles nippes, qu'émaillait un reste de linge récemment revenu du blanchissage, une brosse chauve, une jumelle, des parapluies; objets entre lesquels se calait un pot à tabac gigantesque.

Au bas, sur le tapis d'Aubusson, dont les dessins avaient disparu sous la poussière, et les incongruités de toutes sortes, une assiette de Sèvres égueulée, contenait un reste de la pâtée des chiens.

A l'entrée d'Alice, un énorme lapin, paraît-il, apprivoisé, le préféré des hôtes du lieu, flairait en grimaçant cette répugnante popotte.

Mais la ménagerie ne s'en tenait pas là. Un vieux singe pelé, attaché par le ventre à l'espagnolette de la croisée, était accroupi sur le dos d'une chaise, offrant, dans son immobilité, les signes d'un ramollissement cérébral caractéristique. En face, une perruche se pendait, par le bec, au zinc de sa mangeoire, en poussant des cris stridents. Et ce n'était pas encore tout, car on apercevait, perché sur le cadre d'un portrait de femme, dont les traits vulgaires annonçaient quelque garde-malade endimanchée, on apercevait, dis-je, un moineau-franc, qui, le long du jour, voletait d'une saillie à l'autre, laissant partout les traces d'une éducation incomplète.

Au milieu du salon, deux êtres mal peignés, en linge douteux, fumant des cigarettes, se faisaient face, pour une partie de grabuge, sur une table à manger où l'on voyait des verres d'absinthe aux trois quarts bus.

Ces deux êtres qui, au premier abord, ne se rattachaient à l'espèce humaine que par la coupe de leurs vêtements, si tant est qu'ils pussent passer pour vêtus, étaient de sexe différent : un homme et une femme.

Ah ! certes ! ils ne paraissaient pas déplacés dans ce cadre nauséabond; on sentait, au contraire, qu'ils étaient là dans l'élément qui leur était propre, et qu'ils s'y complaisaient.

L'homme, sec comme un pendu, d'un teint plombé, ridé comme une pomme d'hiver, avait ce regard éteint et vague que procure le rachitisme à son plus haut période. De temps en temps, il poussait un petit aboiement nerveux, qui faisait impression sur le singe, à qui, du reste, il ressemblait un peu. A le voir dans ce qu'il croyait n'être qu'un « négligé » du matin, on se demandait par quel phénomène ou quelle négligence, ce semblant d'animal n'était pas encore enterré.

Quant à la femme, c'était madame la comtesse d'Iosk, ou, plus exactement, en ce lieu, et dans cet accoutrement « l'ancienne plus jolie femme de Paris; » ce qui subsistait, pour ses péchés, pour l'édification des nouvelles générations, comme preuve de l'inutilité, du double emploi, d'un châtiment d'outre-tombe, ce qui subsistait de « la divine Euphémie! »

Il serait superflu de la décrire. On le connaît ce type de la farceuse à l'apogée de sa décrépitude. A vrai dire, il était au complet ici. Rien n'y manquait, pas même certaines rugosités bronzées de l'épiderme qu'expliquait la présence, dans un coin de la cheminée, d'une bouteille étiquetée : « Sirop de salsepareille. »

C'est là, c'est dans ce nid, aimable Eden, que, durant la belle saison, la digne dame mettait la dernière main à la félicité du fortuné comte d'Iosk, son légitime époux.

Néanmoins, il ne faut pas croire que la paix régnât toujours dans le ménage. C'eût été un déni de justice naturelle, une infamie, pis encore, une absurdité à faire douter que deux et deux fassent quatre. Rassurez-vous. La logique est imperturbable, le mari et la femme, en dépit de leur tenue au dehors, étaient affreusement malheureux, et ils se détestaient à plein cœur.

Le doux Anatole d'Yosk n'en était plus à se méfier d'avoir fait une bêtise en se laissant conjoindre à la dame. Mais comme il n'osait encore lui tenir tête ou tirer sur la longe au point de rompre le licou, il lui souhaitait toutes les maladies les plus abominables, aspirant au retour d'une bonne épidémie, se tenant à quatre pour ne pas faire brûler des cierges en faveur du saint qui serait capable de le prendre en pitié et de le débarrasser de cette péronnelle caduque. Pas un mois ne se passait sans qu'il consultât les somnambules. Il ne leur posait qu'une question :

« Est-il à *craindre* que je ne devienne veuf? »

Les réponses rassurantes le mettaient au désespoir; car, *en attendant*, il fallait ronger son frein. La patronne connaissait son pèlerin, et à grand renfort d'avanies quasi publiques, elle le maintenait à l'attache bon gré mal gré! Elle avait poussé les choses jusqu'à l'appréhender au collet au café du pont d'Asnières, où il s'était attardé un soir. A travers les vitres, elle l'avait aperçu assis à une table, en compagnie de voisins, qui hébergeaient des femmes. Et crânement elle était entrée; sur quoi, le voyant blêmir, elle lui avait intimé l'ordre de réintégrer, sans plus, le foyer conjugal, et non tout à l'heure, mais bien sur-le-champ, de gré ou de force. Ce fut de force, il y parut : elle le fit filer devant elle.

Depuis ce temps, les galopins du pays le surnommaient : « le comte Azor. »

La crainte, à tout le moins plausible, qu'il ne lui échappât finalement, constituait le châtiment, la torture de la belle Euphémie. Elle ne s'illusionnait pas sur les moyens dont elle pouvait encore disposer pour le retenir. Pas le choix; un seul : la terreur!

Elle sentait qu'il l'exécrait maintenant; qu'elle lui inspirait une répulsion insurmontable. Elle savait qu'entre quatre yeux, avec ses intimes, il la raillait même. On lui avait rapporté qu'à un déjeuner de chasse, faisant allusion à son embonpoint intempestif, il avait dit : « les *lards* de ma femme. »

Après ce « les lards », il était clair qu'au premier pas qu'elle lui laisserait faire dans la voie de l'émancipation, il irait un train de vapeur, et que, plaidant à outrance, usant et mésusant des roueries de son avocat, il la reléguerait dans un coin méchamment obscur, la réduisant à la portion congrue : le pain et le sel. Il fallait donc lui river le joug, dût-elle le gifler en pleine rue; car, pour ce qui est des grandes scènes dramatiques, où prétextant la jalousie, on éparpille ses cheveux en saisissant une arme, dont on menace l'inconstant, en jurant ses grands dieux qu'on se suicidera ensuite, il y était devenu d'un froid du diable. Le compère n'en croyait plus un traître mot. Non! il n'y avait rien à faire, que le battre et l'humilier.

Toutefois, elle n'avait pas perdu tout espoir de conjurer la crise, et jusque-là elle le soumettait à un régime préventif, qui, peut-être bien, parviendrait à l'abrutir, assez absolument, pour que la résistance ne fût plus qu'apparente. Le fond du traitement consistait à le tenir dans une demi-ébriété constante. Déjà l'abus des alcools lui avait valu un léger tremblement nerveux, qui semblait de bon augure. Le grabuge et le bésigue acharnés ne produisaient pas peu non plus, et la nicotine brochant sur le tout, permettait de caresser l'espérance d'amener le patient à cet état d'idiotisme qui, seul, pouvait assurer la sécurité des vieux jours de sa tendre épouse.

Pour toute compagnie, à l'intérieur, elle ne lui offrait que sa parenté, à elle : l'oncle Bricodet, et sa fille, qui était première demoiselle chez un bandagiste-droguiste dans l'arrière-boutique de qui se donnaient des consultations de magnétisme et des séances de spiritisme. Laide à ne pas trouver à s'établir dans un lieu de déportation, méchante et prétentieuse, elle était la seule personne jeune qui pénétrât jusqu'au cœur du foyer domestique. Le père, qui, depuis l'âge de connaissance, avait tourné des bâtons de chaises pour les ébénistes de la rue Chapon, n'était pas gênant du moins; dès le dessert, il s'endormait religieusement, continuant, par une faculté précieuse, à fumer sa pipe.

A ces deux parents s'ajoutait, le dimanche, la sœur de ce dernier, la propre mère de madame la comtesse : «Ma bonne mère!... » comme elle disait en la présentant aux étrangers. Ce n'était rien qu'elle fût la « bonne mère » d'Euphémie; mais en tant que belle-mère du comte d'Iosk, elle était extrêmement remarquable. Elle en était profondément honorée, et ce n'était point du tout, en cela, une « mère d'actrice » pour qui sa fille est tout au monde, par conviction ou intérêt bien compris. Loin de s'imposer comme parente à son gendre, elle gardait la distance, s'empressant à le servir comme une domestique, ayant l'air de lui dire : — « N'en croyez rien, c'est pour rire!...

Originaire de la Bretagne, elle avait dans le sang le respect superstitieux de la noblesse. Elle ne croyait pas du tout qu'elle fût d'une pâte pareille à celle dont M. le comte était pétri, et c'était merveille de la voir et de l'entendre protester de son indignité au moindre égard que celui-ci croyait parfois devoir à son âge.

— « Monsieur le comte badine! » s'écriait-elle, en faisant force révérences de son pays, si seulement Anatole l'invitait à s'asseoir.

Jamais elle n'avait consenti à dîner à table.

— « Ma place est à la cuisine! » disait-elle avec une obstination inébranlable.

Et, de fait, elle n'en sortait pas, lavant la vaisselle pour aider la bonne, qui, au départ, la bourrait de paquets, contenant des nippes de rebut et les restes de la table.

L'aspect était le plus burlesque qu'on pût imaginer. Drapée d'une vieille robe de soie, voire de velours, dont sa fille avait traîné la queue sur tous les trottoirs; comme la bonne vieille n'en modifiait pas la coupe, pour son usage, elle avait l'air d'un chien savant, qui va danser au son de l'orgue d'un Savoyard.

Malgré cela et malgré d'autres détails non moins comiques, elle n'avait jamais provoqué le rire chez l'époux de sa fille. Le dimanche devenait un jour néfaste à celui-ci. Dès qu'il voyait arriver la bonne vieille, il souhaitait de s'enfoncer à cent pieds sous terre. Mais non! il fallait recevoir ses saluts, voir ses révérences, essuyer les formules de son humilité agaçante. Encore une dont il eut porté le deuil avec plaisir!

La brave femme, à vrai dire, en usait d'autres façons, une fois rentrée dans son milieu, et l'on voyait qu'intérieurement elle se prévalait de l'alliance. Mais elle avait des moyens à elle, de faire sonner haut la parenté. C'est ainsi qu'elle ne disait pas« Euphémie », ou «ma fille » pour désigner celle-ci. Elle usait d'une tournure de phrase,qui mettait les choses dans le relief voulu, au gré de sa gloriole intime, et jamais elle ne disait que : — « Madame la comtesse d'Iosk, *la femme de mon gendre...* »

Le but de « la divine Euphémie, » en attirant sa famille, était de décourager son mari, d'amener des amis de leur monde. Les amis ne seraient pas venus seuls; une maîtresse de maison à fort à faire de droite et de gauche, quand elle traite, et sait-on ce qu'on peut se dire dans l'embrasure des portes! C'était bien assez qu'il vit des femmes jeunes chez ses mêmes amis. Mais, du moins, elle pouvait ne pas perdre son mari de vue.

Cependant c'eut été, pour elle-même, un métier de galère que de se condamner au tête à tête à perpétuité. Elle admettait la présence des tiers entre eux, le tout était de choisir.

Longtemps, elle s'en tint aux chiens, au lapin, au singe et au perroquet. Hélas! il fallut reconnaître, sans y mettre de parti pris, que ces hôtes, parfois même indiscrets, étaient en somme d'un commerce monotone, à la longue.

Heureusement le ciel, qui lui voulait du bien, lui procura la bonne fortune de retrouver, à la table de la mère Nivelon, un vieux camarade des beaux jours, qui s'était montré *gracieux* envers elle, alors qu'enrégimenté dans la *lionnerie* de l'époque, il croquait les économies de ses grands parents. Le malheur des temps l'avait bien détérioré, le pauvre diable! Abîmé, piteux, il vivait on ne sait comment, tripotant peut-être dans la cagnotte des tables d'hôte extrà-muros, en concurrence avec le traditionnel Polonais.

Elle l'invita à passer quelques jours à la campagne, et, depuis, il n'était pas rentré chez lui, mettant les chemises du comte et chaussant ses savates, s'accommodant fort bien du régime que lui valait son rôle officieux de « monsieur de compagnie. »

Il avait le petit mot pour rire et connaissait les bons endroits pour pêcher une friture. Et puis son long frottement du monde, l'avait doué d'aimables petits talents de société : il imitait la mouche qu'on poursuit entre la vitre et le rideau, ainsi que le glou-glou d'une bouteille qu'on verse; mais, vous savez : à s'y méprendre!

N'était qu'il avait l'arrière-gorge susceptible, à cause d'accidents qui l'avaient fort incommodé récemment encore, preuve qu'il y a beaucoup à rabattre sur l'efficacité de la salsepareille, il était homme à faire passer une soirée délicieuse avec des scènes de ventriloquie. Un garçon charmant ! et de ressources; d'autant qu'il jouait le piquet comme un ange.

Eh bien, voyez ! Malgré tout, malgré ses talents et sa complaisance, ce vieil ami ne suffisait pas à rendre l'intérieur attrayant pour le comte. La scène de la mouche, la scène du glou-glou, le faisaient à peine sourire à présent. La friture n'avait plus qu'un charme restreint, et il restait glacial à la ventriloquie.

Euphémie, désolée, voyant que l'abrutissement marchait avec lenteur, accueillit la pensée de se procurer un enfant !

Elle était en marché pour en acheter un : une fille, vous pensez !

Quelle pitié! Et la pauvre innocente qu'on allait transplanter dans cette bourbe infecte !...

Mais que l'expédient était bien logiquement déduit : du chien puant au pierrot malpropre ; du pierrot au vieux complice des écarts joyeux, et de ce dernier à l'enfant qu'on achète, moyennant une rente, à des malheureux, assez lâches pour reculer devant le travail nécessaire à l'élevage de leurs petits!

Pour Euphémie, rien de plus simple. Un enfant concilierait tout. Ce lui serait, à elle, un maintien, une distraction, un souffre-caprices. Et puis, Anatole s'y attachant, c'était un lien. Belle et digne combinaison, qui est le propre de ces dévergondées, devenues stériles pour avoir rôti le balai.

Alice ne se doutait pas de ce côté de l'existence de la comtesse. Du premier coup d'œil elle en devina les vilenies, et un peu décontenancée, elle regretta d'être venue.

Euphémie, qui ne s'attendait pas à pareille visite, se trouva elle-même légèrement confuse. Sur un signe qu'elle lui fit du coin de l'œil, le ci-devant lion, contemporain des splendeurs du Café de Paris, se leva, et saluant en silence, gagna le jardin, suivi du lapin et des chiens malades, qui semblaient le tenir en particulière considération. Qui sait ? la scène des glous-glous et la ventriloquie leur étaient peut-être agréables, ou bien se sentaient-ils une parenté mystérieuse avec ce parasite endolori, victime du *chic* de son temps ?

— Ah ! ça, dit la comtesse, une fois seule avec son amie, tu as la mine à l'envers, toi ; qu'est-ce qui se passe ?

— Où est ton mari ? demanda la jeune femme.

— A Paris, chez Octave. Pourquoi !

Alice lui dit en peu de mots l'objet de sa démarche.

En l'entendant répéter sa ferme volonté d'empêcher le duel, Euphémie ouvrit de grands yeux étonnés.

— Mais, dit-elle, qu'est-ce que ça peut te faire, à toi, qu'ils se battent, mon petit chat ?

Absorbée par l'idée fixe, Alice ne prit pas garde à cette appellation, qui l'avait si péniblement impressionnée la veille, dans la bouche du docteur Grivel. Ce qui la touchait, c'est qu'on fût surpris de ce qu'elle ne voulait pas qu'un pauvre diable fût tué à son sujet. Et sentant que son scrupule ne serait pas compris ici, mais poursuivant son idée d'intéresser des tiers à sa cause, elle se rabattit sur des raisons d'un ordre qu'elle tenait pour élevé : la famille de ce garçon, la douleur de sa mère et de ses sœurs.

— Qu'y faire ? répondit la comtesse. C'était à lui d'y songer.

Puis s'animant à son tour avec le caractère d'une sincérité parfaite :

— Tu es vraiment bien bonne enfant, fit-elle, de te tourner les sens pour un de ces *cocodès*-là ! Belle engeance, qui doit fort nous intéresser, parlons-en ! Eh ! qu'ils se tuent, ma fille, qu'ils s'écharpent : il ne leur en arrivera jamais assez, à mon gré ! Ça vient nous entortiller, toute petite, nous promettant monts et merveilles, le mariage par-dessus le marché, et ils nous pervertissent en attendant ; car la fille de portier, que nous sommes, ne saurait flatter leur vanité, tu penses ! Ils descendent des preux, ou d'un juif qui prêtait à la petite semaine. Quel honneur ! Malgré ça, on consent à filer le parfait amour en robe d'indienne, dans une soupente, en travaillant toute la semaine, pour ne leur rien coûter que le dîner au jinglet, dans quelque bouchon de banlieue. Oui, vas-y voir ! Ils nous forcent à nous endetter pour les suivre à Mabille. Les aimer ? Je t'en souhaite ! Il faut les amuser, parler leur argot, porter leur livrée, les réjouir et les dégourdir, en se laissant accommoder à la sauce extra épicée, qui leur ravigote l'imagination ! Travailler ? Pouah ! Attendre à dimanche ? Vous n'y pensez pas ! Ils sècheraient d'ennui tout seuls ! Non, non ! En avant la sarabande sans fin, les orgies nocturnes, tout le tremblement de la frénésie. Un sabbat du diable, pour lequel nous devons être toujours prêtes, où les gros mots, les injures, les hurlements, se mêlent aux hoquets et aux attaques de nerfs. Qu'importe ! ris, ma fille ! Ils paieront l'addition, tu dois les divertir ! Ils ont payé ta robe, ils ont le droit de la déchirer; bien heureuse s'ils ne te l'arrachent des épaules, s'ils ne te troquent séance tenante, ou ne te jouent à rouge et noir. Ris donc, ris toujours! tu n'es pas là pour autre chose, et c'est ton métier désormais!

Ah! les bandits! reprit-elle, nous en font-ils avaler! Puis, un beau matin, les écus devenant rares, les créanciers se faisant foule, ils n'ont qu'à mettre des gants pour se tirer de l'égout, où ils nous laissent, après nous y avoir entraînées. De vieilles gens, qui n'ignorent rien des turpitudes de monsieur, lui confient une pauvre niaise, en lui graissant la patte. Quelques-uns nous reviennent, il est vrai, après ce coup-là. Mais les autres? Les voilà blancs comme neige, honorés, honorables, des citoyens, des gens du monde! Et nous? Nous? qui ça? Nous, des « femmes »? Au ruisseau, mes sœurs! et gare à la police, gare à l'hôpital, gare à la vieillesse! Il t'a quittée? Prends-en un autre. Il t'a ruinée? Recommence, et sois drôle; car ta beauté passe et la fatigue ternit tes yeux. Allons! damnée, bête de somme, gambade, chante et redouble d'entrain: la logeuse n'entend pas la plaisanterie, et Barbillon a fait la grimace, en renouvelant ton dernier billet.

Elle frappa violemment sur la table, et se dressant en face d'Alice:

— Voyons; là, franchement, s'écria-t-elle, c'est donc juste, tout ça? Et il y a des écrivains qui se font des rentes à déblatérer contre nous, chez le libraire et au théâtre. « Filles sans cœur! rabâchent-ils; vampires qui se repaissent du plus pur sang de ces agneaux! » Ah! ça, ils n'ont donc jamais mis le pied dans notre enfer, ou n'ont-ils pas l'ombre du bon sens; car enfin, sans être bien malin, on pourrait s'aviser de penser qu'il n'y aurait pas d'entretenues, s'il n'y avait pas d'entreteneurs! Le bon Dieu ne vous a pas faites ce que nous devenons; il a bien fallu qu'on vînt nous tenter; les filles de portiers, pas plus que les autres demoiselles, n'ont pour idéal du premier amour de proposer aux passants de se rouler ensemble dans la boue. Et puis « du cœur?... » Allez donc en montrer! Il ne s'agit pas de ça. Du cœur! pourquoi faire? Ces messieurs veulent « la noce! »

La tirade l'avait altérée, car, se trompant de verre, elle avala d'un trait, l'absinthe de son partenaire absent.

— Va! va! reprit-elle, en posant sa main sur le bras d'Alice, ne te tracasse pas pour ces cadets-là. Laisse-les se pourfendre à leur aise; autant de moins! Pense plutôt au sort qu'ils nous font, à la fin qu'ils nous préparent à presque toutes; car ils sont encore rares les comtes d'Iosk, sur qui l'on se venge, et ce n'est qu'une faible consolation que de contempler, du sein de sa misère, l'avachissement d'un « vieil Arthur » comme celui que tu viens de voir, et qui, pour le quart d'heure, se goberge à mon râtelier!

Si frappée que fût Alice de ce qu'elle entendait, sa situation d'esprit ne lui permit sur le moment de n'en retenir qu'une chose, à savoir que le mari d'Euphémie était chez Octave. Elle consulta la pendule, et vit qu'elle avait le temps de le joindre, avant qu'il se rendît à la première entrevue des témoins, entrevue fixée à midi, selon ce que lui en avait dit Léonie Boutelier. Elle prit congé d'Euphémie et remonta en coupé.

Ce fut seulement durant la route qu'elle put repasser dans sa mémoire ce que venait de lui débiter la comtesse. Le tableau lui parut effrayant; mais hélas! d'une vérité incontestable. Elle n'avait jamais songé au dénoûment de cette vie épileptique. Quand on est englobé soi-même dans le tourbillon, on ne voit que ce qui est proche. Elle n'avait vu que des femmes plus ou moins belles, plus ou moins fortunées, surexcitées par le plaisir, qui semblait leur unique aspiration. Mais à présent, elle se souvenait de quelques-unes qui, tout à coup, avaient disparu sans qu'on y prît garde. Qu'étaient-elles devenues?

L'une, compromise par ses relations avec quelque escroc élégant, faisait des chaussons de lisières dans la prison de Clermont. L'autre, terrassée par la maladie, expulsée durant l'agonie par ses créanciers, avait été transportée à l'hôpital sur une civière, et était morte en arrivant, ne sauvant pas même ses restes de l'amphithéâtre de dissection. Cette autre, vieillie, défigurée, faisait des ménages, s'entremettant pour le compte de Lovelaces de bas étage. Les plus à plaindre étaient celles qui, riches d'une épargne honteuse, s'étaient fait épouser par un « Isidor » de barrière, qui, le magot croqué, non sans scènes ni sans taloches, en avaient fait les servantes de leurs maîtresses. Et celles dont les filles, continuant la tradition maternelle, les traînaient à la suite, en tiers dans les tête-à-tête galants!...

Et cette Euphémie, elle-même, qu'à la superficie on aurait pu croire triomphante!...

Alice fut prise d'un frisson de terreur. Etait-ce donc une fin analogue qui lui fût réservée? Etait-ce donc l'issue fatale, inévitable? Non! Léonie Boutelier, par exemple, n'était point menacée d'un tel châtiment. Léonie était à l'abri de la misère et d'un excès de mépris. On saluait Léonie, on la tolérait tout au moins. Elle était heureuse...

Heureuse! qui sait?

Qui sait de quels cauchemars ses rêves étaient agités; quelles pensées la poursuivaient durant les heures de solitude et les insomnies? Qui sait ce que lui réservait de larmes, de hontes, de désespoir, ce garçonnet de dix ans, qui jouait encore dans son parc, quand son origine lui deviendrait un obstacle et lui serait une humiliation? Déjà son baiser du matin devait la troubler. Plus elle l'élevait convenablement, plus il était à craindre qu'elle ne devînt pour lui un objet de dégoût.

Alice savait qui était le père de cet enfant: un magistrat, intègre, qui appliquait la loi de son pays; un homme fort estimé, je vous assure, et qui avait beaucoup de croix.

Elle pensa qu'Euphémie avait peut-être bien raison de trouver que « tout cela n'est pas absolument juste! »

Le coupé arriva rue Taitbout, et la jeune femme s'élança jusqu'à l'appartement d'Octave. On ne fit point de difficulté pour la laisser entrer. Dans le salon du jeune homme, elle aperçut d'Iosk et Cadet-Rousseau, les témoins, puis Ben-Chi-Chef qui, ayant pansé les chevaux à son régiment, se reconnaissait une certaine autorité dans les questions d'honneur. Bien qu'il fût un peu mortifié de n'avoir pas été choisi, il avait offert ses conseils, d'autant qu'à tout prendre, il y avait là un excellent prétexte de n'aller pas à son bureau.

Alice, à son étonnement, ne leur trouva pas la tenue de gens qui se disposent à faire tuer un homme en cérémonie. Ils faisaient un whist à eux trois. Seulement, comme Ben-Chi-Chef ne pouvait pas perdre, et qu'il ne voulait pas gagner, il était toujours le partener de celui des joueurs qui était avec le *mort*. En fait, il tenait les cartes gratis, et cela lui semblait très digne!

La jeune femme apprit d'eux qu'Adrien était venu, et que sur une révélation de lui, il était question de récuser un des témoins de Steïnburg.

— Qui? demanda-t-elle.

Il se consultèrent du regard, en prenant un air de diplomate, se demandant s'il convenait de faire pénétrer « une femme » plus avant dans des choses si « sérieuses. »

Ben-Chi-Chef n'en fut pas d'avis.

— Mon petit chat, lui dit-il du haut de sa bienveillance, tu en demandes trop long.

Ainsi, ce viveur nécessiteux, qui faisait du genre et s'amusait dans l'ombre du plaisir des autres, ce pauvre honteux, qui ne répugnait pourtant pas à se régaler aux déjeuners d'une Alice-la-Mioche, cet indigent qui tenait les cartes du voisin, et qui, s'accrochant aux uns et aux autres, hommes ou femmes, ne rougissait pas de la fausse position, qui malgré tont, lui valait de petits grapillages, cette variété de pique-assiettes, enfin, se croyait encore si au-dessus de celles, dont à l'occasion, il recevait la charité galante, qu'il se croyait autorisé à les tenir à distance de ce qu'il tenait pour choses d'honneur! Et, soyez-en sûr! il était sincère.

Il fallait néanmoins que sa qualité de paria fût bien apparente, car Alice ne se sentit pas atteinte. Le « mon petit chat » seul lui sonna désagréablement à l'oreille, en cela qu'il ravivait des impressions pénibles, sur lesquelles elle avait réfléchi.

Elle demanda à voir Octave.

Celui-ci était dans une pièce voisine, enfermé avec un prévôt de salle d'escrime, qui lui enseignait un coup perfide, toujours à propos d'une « affaire d'honneur! »

La jeune femme força la porte, et insista pour avoir un entretien secret. Il fallut la satisfaire.

Alors, cédant au sentiment qui la possédait, elle conjura ce garçon d'en rester là de cette affaire, lui faisant part de ses scrupules, le priant en grâce.

Tout d'abord, Octave, flatté d'une telle marque d'intérêt, se fit légèrement tendre. Ne se pouvait-il pas que, revenant sur sa réserve passée, elle se fût éprise de lui? Peut-être ce qu'il avait fait la veille, une action, à son sens, assez proche parente de l'héroïsme, avait-elle ébloui la jeune femme?

Mais Alice, continuant, lui ôta cette illusion, ce qui la refroidit. Il ne s'agissait ni d'amour, ni de caprice; rien de flatteur. Elle n'agissait qu'à son propre point de vue, tout bonnement parce que sa conscience criait.

Octave trouva le cas original: une créature de cette espèce se faire scrupule d'exposer la vie d'un camarade! Songez donc! Toutefois elle devait bien penser qu'il y avait des considérations d'un ordre autrement supérieur à observer; considérations, au surplus, qu'il ne daigna pas préciser, tant elles sont hors de la portée des femmes, et des « femmes chiques » encore bien plus!

Tout ce qu'il lui répondait pour l'éconduire, avait un caractère méprisant et blessant. Au lieu d'être touché et de la payer d'assurances propres à la rassurer, quitte à ne rien faire de ce qu'il eût fait semblant de promettre, il se posait en vaillant chevalier, qui n'entend pas raillerie sur ces choses! Y pensez-vous! Lui, un homme chic! un commissaire des régates! un garçon dont le phoney en acajou, avait eu le second prix aux courses du Havre! lui, il admettrait qu'on parlât de tempéraments dans un conflit de cette nature! Non point, s'il vous plaît! Non! Alice certainement était bien gentille, un peu bêtasse même, de faire cette démarche, qui dénotait un bon petit cœur; mais.... mais!...

— Mais, fit-il en concluant, ces affaires-là ne regardent pas les «bons petits chats» comme toi.

L'insulte, si profondément sentie qu'elle fût, ne la découragea pourtant pas. Ne relevant rien, elle parla de Steïnburg, de ses projets, du plan qu'il avait suivi, de l'éclat qu'il lui fallait, pour intimider ceux qui le repoussaient.

Quoique devenu pâle à certains mots de la jeune femme, Octave se redressa de toute sa hauteur, et, se drapant dans sa dignité, il la pria de ne pas poursuivre. Fallait-il donc qu'il redoutât son adversaire? Pour qui le prenait-elle?

N'écoutant rien, Alice se jeta à genoux, le suppliant, se roulant à ses pieds, lui parlant de sa famille.

Presque brutalement, le jeune homme lui imposa silence. Lui, qui lui avait tant parlé de sa mère et de ses sœurs, en vue de l'attendrir, quand il lui faisait la cour et qu'il s'appliquait à la toucher, pour qu'elle devînt sa maîtresse, il lui interdisait de prononcer leur nom maintenant.

— Ah! s'écria la malheureuse au paroxisme de l'humiliation, c'est abominable! Ils nous livreraient la dot de leur mère, ils feraient des faux à certains moments, et dès qu'il ne s'agit plus de nous avoir, ils nous repoussent du pied!...

Octave, troublé au fond, et pour plus d'une cause, ne sachant plus que faire ni que dire, profita de ce qu'elle pleurait, étourdie, abîmée sur le parquet, pour se retirer.

La jeune fille se releva après un moment. Elle ne pleurait plus. Son visage livide et contracté trahissait une résolution désespérée, mais définitive et inébranlable.

—Eh bien! non! se dit-elle, il ne se battra pas!...

Elle revint au salon, qu'elle traversa sans mot dire, et sortit.

Comme elle tirait la porte sur elle, une voix de femme disait, sous le péristyle:

— Mon fils est-il chez lui?

— M. Octave? Oui, madame.

Alice descendit vivement quelques marches, espérant se dissimuler. Mais déjà une vieille dame, encore agile, gravissait l'escalier. En l'apercevant, la jeune fille resta immobile, s'aplatissant contre le mur, baissant les yeux.

La vieille dame crut à une manifestation de politesse. En passant à côté d'Alice, elle salua, disant:

— Pardon! madame.

IX

Selon sa promesse, Adrien Revel s'était rendu chez Octave, dans le but de faire de son mieux pour éviter la rencontre, s'en fiant au hasard pour y créer des obstacles, ou, ce qui eût mieux valu, pour trouver un biais, qui donnât le beau rôle au jeune homme, sans exposer sa vie. Mais quoi? qu'inventer? que susciter? Il n'en avait pas idée; pourtant il n'avait pas trop d'inquiétude. Une affaire aussi nette, qui n'aboutit pas séance tenante, n'est pas de celles qui n'admettent aucune intervention. Et puis Octave lui avait paru légèrement théâtral, en lui exposant son rôle dans tout cela.

Restait Steïnburg. Si réellement celui-ci avait fait naître la provocation dans le dessein d'intimidation qu'on lui attribuait, aucune considération n'aurait prise su lui. Ce devait être un homme déterminé à jouer son va-tout, et dès lors, incapable de se laisser ravir l'occasion, occasion excellente, en cela que sa situation d'insulté lui procurait certains avantages matériels qui lui mettaient les atouts dans la main.

Mais, encore une fois, pourquoi, après une telle insulte, avait-on remis la première conférence des témoins au beau milieu de la journée du lendemain? Si tant est qu'il eût le projet d'intimider la galerie, il devait désirer le faire d'une façon foudroyante. Les choses qui traînent en longueur perdent moitié de leur importance chez nous. Si Bavarois qu'il fût, Steïnburg devait savoir cela.

Adrien ne voyait qu'une explication: a difficulté de trouver en pays étranger deux témoins qui l'assistassent.

La première question que le jeune docteur posa à Octave, eut trait à ces derniers. Qui étaient-ils?

— L'un, répondit Octave, est un de ses compatriotes, que nous ne connaissons pas. L'autre est Alphonse Destanche, qui m'a fait dire n'avoir pu refuser, en raison de relations précédentes.

Le nom de ce dernier mit tout d'abord Adrien à son aise. C'était de quoi obtenir un premier atermoiement, car il était résolu à lever un incident, à propos de Destanche, dont le passé était, à la connaissance d'Adrien, de nature à le faire récuser. Mais avant de s'en ouvrir à Octave, il voulut se rendre compte de l'influence que pouvait avoir eu, sur ce dernier, quelques heures de solitude, si non de sommeil. En apprenant que l'on s'était adressé à Cadet-Rousseau pour jouer le rôle que lui, Adrien, avait décliné, il s'imagina qu'il ne serait peut-être pas si malaisé qu'on pouvait le craindre d'arriver au but qu'Alice voulait atteindre à toutes forces.

Il dit alors ce qu'il savait sur Alphonse Destanche, et Octave s'éleva très vivement contre la possibilité de traiter des conditions d'un duel avec un homme dont la vie était entachée d'indélicatesse.

En effet, c'était là le cas du malheureux. Les appétits factices, la gloriole de se distinguer, l'avaient poussé à disposer de fonds confiés à sa probité. Comme un vulgaire caissier d'agent de change, il avait puisé dans la caisse d'un de ces banquiers louches, dont le monde financier est plein, et chez qui il était employé. Par chance pour lui, les banquiers de cette sorte ont un intérêt de premier ordre à ne pas trop éveiller l'attention, et surtout à ne pas provoquer d'enquête judiciaire, fût-ce à leur bénéfice.

Si bien que Destanche en avait été quitte pour une reconnaissance, signée à genoux dans le cabinet du banquier, par laquelle il avouait sa culpabilité. Après quoi : « Vas te faire pendre ailleurs ! » Il pensait qu'en dehors des intéressés, l'avanie était restée secrète ; mais ces choses-là se savent toujours, et Adrien avait été mis au fait de son cas, par une de ses clientes qui lui avait conté cela, comme elle lui eût parlé du derby.

Cadet-Rousseau et le comte d'Iosk, ainsi que Ben-Chi-Chef avaient partagé l'avis d'Octave, renchérissant encore sur les susceptibilités de leur ami. Mais ils se refroidirent brusquement, quand il s'agit de procéder. Qui irait déclarer à ce garçon qu'il était indigne ? Quelle preuve fournir ? Et s'il niait, s'il allait se fâcher et demander réparation, lui aussi ? C'étaient des gens paisibles, après tout, plutôt conciliants et assez philosophes pour tenir le duel à l'état de « vestige d'une civilisation surannée, » vestige inévitable, il est vrai ; la preuve en était là, car ils reconnaissaient qu'Octave ne pouvait, en aucune façon, satisfaire l'homme qu'il avait publiquement claqué.

Mais, pour eux, visiblement, s'ils consentaient à servir de seconds, ils manifestaient moins d'empressement à s'exposer à devenir « premiers ! » Au demeurant, tout cela ne les touchait pas, ne les regardait guère. Mettez-vous à leur place !

Adrien vit qu'ils n'eussent pas demandé mieux que de la lui céder. Il s'y prêta, en apparence, de bonne grâce, quoique sa répugnance s'accentuât davantage à mesure.

— Je m'en charge, dit-il.

Et, en effet, s'armant du courage qu'il fallait pour aborder un tel sujet, il attendit la venue des témoins de Steïnburg et porta la parole d'une voix émue, tant, malgré tout, il se sentait de pitié pour celui qu'il allait accabler.

Le voyant pâlir dès les premiers mots de son accusation, il maudit les circonstances qui le condamnaient à cette cruauté. Cependant, l'autre redressant la tête au lieu de s'humilier, il crut qu'il allait payer d'effronterie et demander qu'on lui rendît raison, comme les amis d'Octave l'avaient craint. Mais non ! pas même cela ! Il se contenta de se retrancher dans sa dignité.

— Ce n'est pas la première fois, dit-il, que cette histoire, répandue par des personnes qui ont des raisons de me déconsidérer, m'est rapportée. L'heure n'est malheureusement pas encore venue de prouver qu'il n'y a rien là qu'une calomnie odieuse, une trame épouvantable dont on veut me rendre victime. Mais, bientôt, messieurs, bientôt je prouverai que ce soupçon est mensonger, et que je n'ai jamais démérité de l'estime des honnêtes gens.

Il ajouta d'autres protestations aussi vagues et embarrassées qu'on eut la charité d'écouter en silence, puis il se retira avec une sorte d'aisance qui démontrait qu'hélas ! il avait dit vrai, en avouant que ce n'était pas « la première fois » qu'il avait à subir un tel affront !

Alphonse Destanche parti, le jeune docteur estima que les choses étaient en bonne voie, à son point de vue secret. Pour s'être adressé à ce garçon, il fallait que Steïnburg n'eût pas précisément le choix ; donc, la nécessité de remplacer le témoin récusé devait lui occasionner assez de pas et de démarches pour qu'on eût vingt-quatre heures de répit. Résultat important à son estimation. Pendant ce temps, l'effet de l'appréhension vague qui possède le plus brave en face de la grave incertitude d'un combat, tiendrait lieu, pensait-il, de potion calmante.

— En tout cas, pensait Adrien, le beau rôle est du côté d'Octave, il ne risque rien aux temporisations.

Et il envoya un petit mot rassurant à Alice, espérant n'avoir plus à s'occuper de cette histoire, qu'il supposait à présent devoir aboutir à peu près pacifiquement. Aussi ne fut-il pas peu surpris de trouver chez lui, en rentrant après le dîner, un mot laconique d'Octave, qui lui rappelait sa promesse de l'assister sur le terrain, en qualité de médecin.

Le billet était ainsi conçu :

« Mon cher Adrien,

» Le duel aura lieu demain, au petit
» jour. Je réclame votre assistance ami-
» cale. S'il m'arrive malheur, vous saurez
» mieux qu'un autre préparer ma mère à
» en apprendre la nouvelle. Soyez, je vous
» prie, à minuit, au café Anglais ; je vous
» dirai le lieu du combat.

» A vous de cœur.

» OCTAVE. »

— C'est une chose curieuse, pensa le jeune docteur, qu'il faille absolument que le café Anglais soit toujours fourré là-dedans !

Toutefois, les choses étant à ce point avancé, Adrien voulut s'enquérir. Il descendit à Tortoni.

Il apprit là de Ben-Chi-Chef, qui regardait ses amis prendre le café, que le Bavarois s'était tiré sur l'heure de l'embarras qui lui avait été suscité par la récusation de Destanche.

En effet, une heure à peine après le départ du jeune docteur, le compatriote de Steïnburg s'était présenté de nouveau, flanqué, cette fois, d'un Hongrois, qui se donnait pour capitaine, était décoré, et portait des moustaches auxquelles il était aisé de voir qu'il s'entendait aux choses de l'honneur.

La conférence avait été courte, ces messieurs n'ayant mission que d'engager l'affaire, en déclarant formellement que leur client réclamait réparation par les armes, de l'insulte qui lui avait été faite.

Il leur fut répondu qu'on se tenait à leurs ordres.

Ils déclarèrent ensuite que Steïnburg étant l'offensé, entendait user de tous ses droits. Et comme on n'y faisait point de difficultés, ils déclarèrent choisir le pistolet, fixer l'heure au lendemain matin à l'aube, et proposer pour terrain l'île de Croissy.

Sur ce point seulement, une objection fut élevée par les amis d'Octave. Le voisinage de l'habitation de sa mère lui faisait désirer qu'on se battît autre part. Connu de toute la population, il ne voulait pas, au cas où le sort lui serait funeste, que sa famille en fût informée par la rumeur publique.

Cadet Rousseau, qui n'était pas sans avoir réfléchi aux déplaisirs que vaut aux témoins d'un duel, l'action judiciaire qui s'ensuit, parla même d'aller jusqu'en Belgique. Il avait d'ailleurs un ami par là, et, mon Dieu ! par la même occasion, il lui eût fait une petite visite économique.

Mais le Hongrois fit repousser cette idée, allant même jusqu'à prétendre que son client n'avait pas à tenir compte des susceptibilités sentimentales d'un adversaire aussi agressif que l'avait été Octave, et qu'il lui semblait bon de maintenir la désignation du lieu proposé.

Cadet Rousseau avait un mot très spirituel à riposter ; toutefois, comme l'autre frisait sa moustache en confirmant sa prétention, il crut convenable de réserver son mot pour un autre moment.

Mais le comte d'Iosk intervint alors, et cédant à un mouvement de vivacité, déclara que si Steïnburg s'obstinait à vouloir se battre à Croissy, tout ce qu'on avait accordé jusqu'ici était purement et simplement remis en question et que la conférence était close.

Le Hongrois eut beau se friser les deux moustaches à la fois, le frêle et précieux Anatole n'en démordit point. Il ajouta même que ces concessions étaient faites, en somme, contre son gré, attendu que si Steïnburg pouvait se prévaloir d'une voie de fait, Octave avait été non moins profondément insulté, et qu'on devait lui savoir gré de l'excès de grandeur d'âme qui le poussait à ne pas discuter les conditions, et particulièrement le droit au choix des armes.

Le mot « voie de fait » amena un léger incident. Le Hongrois crut devoir spécifier.

— Un soufflet ? dit-il.

— Une voie de fait, répéta le comte d'Iosk.

— C'était parfaitement bien un soufflet ! vociféra le capitaine en roulant des yeux indignés.

— La preuve ? fit sèchement Anatole. Vous êtes intéressé à faire prévaloir votre dire, je le conçois, et nous n'allons pas officiellement à l'encontre. On vous l'accorde donc : pour le public, vous avez été souffleté, c'est ce qui constitue votre droit. Mais en dehors de l'affaire, je dis : « voie de fait, » et je ne permets à personne de contester la justesse des expressions que j'emploie.

Le Hongrois devint violet. Cependant, se rappelant peut-être de quels intérêts de premier ordre, il était chargé, il parut faire abnégation de lui-même.

Cadet Rousseau intervint du reste, soutenu, en cela, par le compatriote de Steïnburg, qui n'avait pas encore ouvert la bouche.

— Puisque ces messieurs, dit ce dernier, nous accordent le bénéfice du soufflet, il n'y a rien à débattre. Pour tout le monde, nous sommes souffletés ; ces messieurs nous en font la grâce, et nous avons le choix des armes, voilà l'important.

— Sans doute, sans doute ! répliqua le Hongrois, sur un tout autre ton. Je ne comprenais pas, excusez, je vous en supplie. Je suis étranger, voyez-vous, ajouta-t-il, en souriant particulièrement au comte.

Pour un peu, il allait l'appeler « mon cher ami ! » C'était un de ces caractères que l'on nous propose pour exemple assez souvent. Un peu vifs, mais la main tournée, ils n'y pensent plus. Et puis, tout cœur !... surtout envers ceux qui leur montrent les dents.

Se résumant, et l'incident vidé, les amis d'Octave maintinrent leur parole sur ce qui était octroyé; mais à la condition que le lieu du combat serait changé.

Ils proposaient le parc d'un ami à Ville-d'Avray.

Le Hongrois et son acolyte demandèrent la permission d'en référer à leur client, et il fut convenu qu'on aurait, à cet égard, une dernière entrevue, à minuit, au café Anglais.

Adrien réfléchit mûrement à cette relation, pesant chaque détail afin de se rendre un compte exact des dispositions de chacun. Il craignait à présent d'avoir auguré trop légèrement de l'issue comico-pacifique de cette affaire. Les conditions proposées et acceptées semblaient dénoter de la résolution des deux parts. L'arme choisie prouvait que les combattants n'entendaient point s'en tenir à une égratignure. L'inquiétude le prit. Cet Octave qu'il avait malmené, qu'il avait refusé de servir, s'il était vain, futile et un peu niais, avait à tout prendre des qualités de cœur qui permettaient qu'on eût de l'amitié pour lui. Allait-il donc se faire tuer par une sorte d'aventurier qui devait avoir d'excellentes raisons pour choisir le pistolet?

Tout en s'absorbant dans ces pénibles réflexions, desquelles il ressortait une reprise d'estime affectueuse pour cet Octave qu'il avait cru capable de tergiverser au dernier moment, il suivait le boulevard. A la Chaussée-d'Antin, une main se posa amicalement sur son épaule, et s'étant retourné, il se trouva en face d'un des professeurs de l'Ecole de médecine, dont il avait été l'interne à Lourcine.

Malgré sa discrétion naturelle, Adrien ne put s'empêcher de lui dire quelques mots au sujet du duel d'Octave, qui, grâce aux études médicales qu'il avait commencées, était connu du docteur Celui-ci, soit qu'il fût trop au-dessus de telles bagatelles, soit que la profession l'eût rendu sceptique, ne parut pas partager les craintes de son jeune ami. Adrien eut beau entrer plus avant sous les traits d'un aventurier contraint de brûler ses vaisseaux, il ne parvint pas à faire prendre l'affaire au sérieux.

— Bah ! fit le professeur, c'est un déjeuner qui chauffe !

Et comme Adrien ne paraissait pas convaincu.

— C'est à vous, dit-il, d'amener les choses à ce réconfortable résultat. Quoique le brillant Octave ne soit pas autrement intéressant, puisque vous lui portez de la sympathie, il ne faut pas le laisser écloper par cet autre animal.

— Que faire, pour le lui éviter ?

— Tous moyens sont bons. Vous n'avez pas, je suppose, la candeur de vous préoccuper de la dignité de sires qui mettent leur gloire à être habillés par le bon faiseur, et à éblouir les habituées de Mabille ? Servez-leur un plat de votre façon. Pourvu qu'il soit bien établi qu'ils auront eu une « affaire, » ils goberont toutes les pilules que votre malice se plaira à leur préparer... Tenez, fit-il en souriant, Devisme a des pistolets que je vous recommande. A la sortie du canon il y a, à la partie inférieure, un léger renflement qui procure à la balle la trajectoire la plus rassurante. Avec ces pistolets-là, on ne peut guère toucher que les oiseaux de haut vol... ou un témoin, quand on a la main malheureuse. Donnez-les leur; ces messieurs en seront enchantés... O cher naïf ! fit-il en terminant, je vous dis qu'ils ne demandent qu'à déjeuner ! Faites-les trinquer : ce sera la punition de votre ami Octave.

Le professeur partit là-dessus.

— Ma foi ! se dit Adrien, il a pleinement raison. Tout ça n'a ni bon sens, ni importance. J'arrangerai cela à minuit. Pensons à autre chose; c'est trop bête que je me mette martel en tête pour de telles niaiseries !

Et il regagna sa demeure, afin d'occuper son temps jusqu'à l'heure du rendez-vous des témoins.

Mais il était écrit qu'il ne s'en tirerait ni si vite ni à si bon marché. Le portier lui remit une lettre qu'une dame venue en coupé de maître avait apportée. A la clarté du reverbère, il lut :

« Vous m'avez trompée, Adrien; on se
» bat demain au pistolet. Pour moi, je
» suis déterminée à empêcher cette ren-
» contre à quelque prix que ce soit. Ce-
» pendant, je n'en suis plus à ignorer les
» inconvénients qu'il y a à ce qu'une
» femme de ma condition paraisse dans
» une affaire de ce genre, et, au risque de
» vos duretés, je voudrais vous voir avant
» la conférence où le lieu du combat doit
» être arrêté. Si vous ne daignez pas venir
» avant minuit, j'agirai.

» ALICE. »

Après sa démarche près d'Octave, la jeune fille était rentrée consternée. Le salut de la mère de celui-ci, simple coïncidence fortuite, il est vrai, lui avait causé une impression inconnue, l'enfonçant plus profondément encore dans des réflexions vertigineuses. Tout ce qui lui arrivait, depuis la veille, la pénètrait d'une certaine honte latente.

Elle rentra chez elle sous l'empire de cette impression, et il lui vint la volonté de rompre avec ce présent fangeux, de s'arracher à ce milieu ignoble. Quant à la question des moyens, force lui fut de remettre à un autre moment pour les examiner. La préoccupation d'empêcher que Steïnburg n'arrivât à ses fins, dominait dans son esprit.

Le petit mot rassurant d'Adrien lui procura heureusement un peu de calme. Elle en avait un impérieux besoin. Ses nerfs se détendirent, et elle tomba dans une sorte de prostration morale et physique qui lui parut douce.

Jusqu'au dîner, tout alla bien. Elle prit un peu de nourriture, et comme elle allait s'étendre sur un divan, en attendant la confirmation de l'espoir que le docteur lui avait fait concevoir, on lui annonça une visite.

Elle fronça le sourcil. Cependant, apprenant que la personne qui se présentait était Euphémie, elle se souvint que le comte était témoin d'Octave, et elle pensa qu'elle aurait peut-être de bonnes nouvelles à lui donner.

— Eh bien! fit Alice, en allant au-devant de la comtesse, c'est fini?

— Fini? répondit l'ancienne plus jolie femme de Paris, je t'en moque! au contraire.

Et la comtesse l'informa du point où en étaient les choses, à savoir qu'à part le lieu du combat, tout était convenu.

— Ma foi! ajouta-t-elle, je ne m'attendais pas à cela de la part du petit Octave. Je lui rends mon estime.

L'estime d'Euphémie! Il y a des mots inconscients qui résument toute une situation.

Alice restait muette, atterrée, se demandant quelle avait été l'intention d'Adrien, en lui faisant penser que tout s'était arrangé.

— Ainsi, dit-elle, c'est certain? Le duel est arrêté?

— Puisque je te le dis! répondit la comtesse. C'est à cause de cela que je couche à Paris. Anatole a mené Octave au tir, afin qu'il se fît la main. J'irai le retrouver au café Anglais, à minuit. Il est décidé qu'on soupera jusqu'au moment d'aller sur le terrain, et tu penses que je ne veux pas laisser mon mari faire le joli cœur.

Malgré tout, Alice fut étonnée qu'on se préparât de cette façon à un acte dont la mort d'un homme devait être le résultat.

— Quoi! dit-elle, il y aura des femmes à ce souper?

— Pardine! fit l'autre, preuve que rien là n'allait contre ses sentiments. Au fait, ajouta-t-elle, viens-y.

— Moi? s'écria la jeune fille absolument déroutée et comme affolée de terreur.

— Tu n'as pas besoin d'invitation, reprit Euphémie, se méprenant sur l'expression de la malheureuse. N'es-tu pas l'héroïne de la fête ?

Le coup lui fut trop dur. Elle se révolta.

— Ah ! ça, dit-elle, en saisissant le bras de la vieille commère, tu es donc stupide. Tu ne vois donc pas que je suis à moitié folle et que tu me tortures. Mais je te dis que je ne veux pas qu'on se batte, et l'on ne se battra pas, entends-tu, dussé-je mettre le feu aux quatre coins de Paris! Comprends-tu à la fin ?

Elle était pâle, et ses yeux, brillants de fièvre, exprimaient une volonté irrésistible qui intimida la comtesse.

— Voyons, voyons! fit celle-ci; c'est donc sérieux? Ça te chiffonne à ce point-là? Au fait... tu sais, moi, qu'est-ce que ça me fait? Si je puis t'aider, parle. Que comptes-tu faire?

— Hélas! répondit Alice, je ne puis encore rien résoudre, puisque le lieu de la rencontre n'est pas fixé.

— Je te le ferai dire, moi.

— Mais après minuit!

— Dame!..

— N'importe! s'écria la jeune fille. Je puis être à Chatou en trois heures.

— Que veux-tu donc? demanda Euphémie.

— Je veux prévenir la mère d'Octave; je veux qu'il la trouve sur le terrain.

La comtesse l'examina un moment, puis elle haussa les épaules.

— Tu ne feras que reculer la chose, dit-elle, en souriant d'un air malicieux. Et si tu crois que la bonne dame t'offrira à te rafraichir, tu es encore de ton pays, toi, par exemple.

Aliçe, frappée de l'objection première d'Euphémie, ne céda pourtant pas au découragement. Quel autre moyen, d'ailleurs ?

— Que ferais-tu, toi? demanda-t-elle, pour connaître à fond la pensée de la comtesse.

Celle-ci se reprit à sourire d'un air de supériorité maligne.

— Et les bons gendarmes! fit-elle d'une voix goguenarde. Tu l'oublies, cette institution tutélaire! La joie des parents; la tranquillité des familles!...

Alice avait poussé un cri, et s'était jeté à son cou. Elle l'embrassait avec transports.

— Tu me sauves! dit-elle.

— Ah! répondit la comtesse, je ne l'ai pas inventé, et je te le donne pour le prix qu'il m'a coûté. Est-ce que tu crois que j'hésiterais, si Anatole se passait le genre d'une comédie de cette espèce? Oh! mais non! Un mot à la préfecture. C'est simple comme bonjour. Un bon agent se plante à la porte de chaque combattant, et vous le *file* en douceur durant des semaines. De cette façon, tu n'as même pas besoin d'indiquer le lieu du rendez-vous. Ils y seront de compagnie, car tu sais où demeure le Bavarois, et l'on n'aura qu'à prendre Octave à sa sortie du café Anglais. Par exemple, il t'en voudra, je crois, celui-ci. Il est si fier d'avoir une affaire!

La jeune fille ne l'entendait plus; elle se demandait sous quelle forme et à quel moment il convenait de faire cette communication à la préfecture. Une crainte lui vint: n'était-il pas une heure trop avancée?

— Rassure-toi, dit Euphémie, la police ne dort jamais que d'un œil!

Calmée sur ce point, Alice eut une autre inquiétude. Sa condition de femme équivoque permettait-elle qu'une administration reçût l'avis qu'elle voulait lui fournir?

Et la comtesse, naïvement cynique, ne se doutant pas, au surplus, des humiliations que la jeune fille avait subies, répondit encore:

— N'aie pas peur! Nous comptons pour les mouchards!... plus que nous ne voudrions, parfois!...

A ce moment, Fulgence annonça:

— Le docteur Revel.

Alice eut un frémissement. Un pressentiment l'avertissait de l'approche de nouvelles tristesses, de nouveaux obstacles peut-être. Elle hésitait à le recevoir; cependant elle s'y résolut, en s'armant à l'avance contre les émotions qu'elle appréhendait d'instinct.

— Passe dans le salon, dit-elle à Euphémie, et ne t'en va pas, j'ai grand besoin de toi.

Demeurée seule, elle se composa un visage, et dit à Fulgence d'introduire.

X

Quoiqu'il se fût efforcé de prendre les choses de haut, Adrien venait chez Alice, poussé par une vague inquiétude. Le dernier mot de la lettre de la jeune fille l'avait frappé. Qu'avait-elle entendu, en écrivant: « J'agirai? » L'acte qu'elle ne précisait pas, et qu'elle déclarait tenir en réserve, à la dernière extrémité, avait-il donc un caractère désespéré? En y réfléchissant il concluait, il est vrai, à l'impossibilité absolue, pour elle, de rien faire d'effectif; pourtant, il éprouvait le besoin de se renseigner. Les femmes ont des idées si étranges, qu'on ne parvient pas toujours à les prévoir, et il lui paraissait certain que celle-ci projetait quelque coup de tête. Mais quoi? Il tenait à le savoir.

— Avant tout, lui dit-il, en s'asseyant près d'elle, vous vous méprendriez sur mes intentions, si vous m'attribuiez la volonté de vous tromper. A l'heure où je vous ai écrit, je croyais, soyez en sûre, que cette sotte histoire aurait le dénoûment qui, plus que tout autre, lui convient.

— Si je vous ai froissé, répondit Alice, je vous prie de m'excuser; je me plaignais bien plus que je ne vous accusais. Vous êtes homme, vous devez avoir sur les choses de point d'honneur, des préjugés innés, que je ne me permets pas même d'examiner. Mais ce qu'ils vous interdisent de faire, n'est pourtant pas impossible, ni sans efficacité.

— Et quoi, par exemple? demanda le jeune homme.

Alice baissa les yeux et se tut.

L'inquiétude d'Adrien prit un peu plus de consistance. Elle avait donc un projet arrêté de toutes pièces? Il avait beau se persuader qu'au demeurant son action serait stérile, il n'était pas rassuré.

— Prenez garde du moins, dit-il, de ne rien faire qui place celui à qui vous vous intéressez dans une position fausse. Après tout, ajouta-t-il en changeant de ton, le duel n'est pas si certain que vous l'imaginez, et, pour moi, je compte ne rien épargner pour éviter cette extrémité.

— Et si vous n'y parvenez? demanda Alice.

— Que voulez-vous! répondit le jeune homme.

— Il aura lieu?

— Dame!...

Alice changea d'attitude à son tour.

— Je vous remercie, dit-elle; je suis fixée maintenant... fixée et déterminée.

— Déterminée! répéta Adrien, soit; mais il ne suffit pas de prendre une détermination pour faire prévaloir ses préférences en pareille matière. Tout comme vous j'ai ces préférences. Mais si je me heurte à une décision formelle des deux adversaires, force m'est de m'incliner, puisqu'il n'est pas au pouvoir d'un tiers d'empêcher les fous de faire des sottises.

Alice ne répliqua pas.

— Tenez, reprit le jeune homme, je vous le dis franchement, Alice, votre silence me cause de profondes appréhensions; et je donnerais tout au monde pour vous convaincre de l'inutilité de l'intervention, que vous vous proposez, quelle qu'elle soit. Vous vous en taisez; j'en conclus qu'elle est d'une nature qui n'est pas nette. Je crains que vous n'en ayez pas aperçu et pesé toutes les conséquences Voulez-vous me faire une grâce?...

— Parlez, dit la jeune fille, intérieurement émue de la douceur de sa dernière phrase.

— Eh bien! ajouta le jeune docteur, remettez-vous-en à moi. Je m'engage sur l'honneur à ne m'arrêter à aucune susceptibilité mondaine pour amener un résultat pacifique.

— Qu'espérez-vous? demanda-t-elle à son tour.

— Fiez-vous à ma parole.

Alice le regarda, hésitante, tentée de s'en remettre à lui complétement. Mais la puissance de l'idée fixe prit le dessus.

— Ecoutez, répondit-elle, je ne puis surmonter la défiance qui me possède. Je crois bien que vous vous emploierez avec persistance à éviter le rencontre. Mais, comme vous le dites, si vous vous heurtez à une volonté absolue, vous laisserez faire. Eh bien, moi — je vous le dis avec calme — moi, je ne veux pas qu'on aille sur le terrain, et malgré Octave, malgré Steïnburg, malgré vous, j'empêcherai le malheur que je redoute.

—Vous êtes folle! fit Adrien, légèrement impatienté. Certes! on doit vous savoir gré de votre intention; mais au cas où je serais impuissant, que pourriez-vous faire, vous?

Et voyant qu'elle allait répondre, il l'interrompit, pensant couper court à la discussion.

— Rien! fit-il; rien absolument!

— Je les dénoncerai! s'écria-t-elle, avec une fébrile animation.

A ce mot, Adrien eut peur.

— Vous ne ferez pas cela! dit-il.

— Pourquoi?

— Parce que c'est une infamie!

— Une infamie?...

— Eh! oui! reprit-il avec violence, rien de moins. Vous allez tout bonnement à déshonorer ce garçon, qu'on croira de connivence avec vous et qui passera pour un lâche. Qui donc croira jamais aux scrupules de conscience d'une femme en révolte avec les mœurs régulières? On supposera que vous êtes sa maîtresse et que, s'il ne vous a conseillé cette indignité, il vous a du moins laissée faire. Et, en somme, qu'il soit ce qu'on voudra : frivole et vain, ridicule même, il appartient malgré tout, à une famille honorable, et vous n'avez pas le droit de lui infliger la honte de votre intérêt excessif.

Voyant qu'en dépit des duretés qu'il lui prodiguait, il ne l'avait pas réduite, il se leva comme pour se retirer.

— Quant à moi, ajouta-t-il d'un ton menaçant, si contre la défense formelle que je vous fais d'intervenir d'une façon quelconque dans tout ceci, vous persistez dans votre intention, je vous jure que j'en préviens Octave à l'instant, et que le duel aura lieu à l'étranger.

— Adrien! s'écria la jeune fille, je vous en supplie à mains jointes!...

Elle se jeta à genoux, le visage ruisselant de larmes.

Pensant en avoir eu raison, il la releva et s'adoucit.

— Je suis désolé de m'être emporté, lui dit-il, et je vous demande pardon; mais vous m'avez effrayé. Je vous le répète, je veux tenter l'impossible; je vous le jure, je ne m'arrêterai devant aucun préjugé courant. Pour vous rassurer, j'ajoute : s'il faut à toute force qu'Octave aille sur le terrain, je ferai en sorte qu'il en revienne sain et sauf. Est-ce assez vous dire? Mais n'en demandez pas plus long.

Alice le contemplait sous l'impression d'un sentiment indéfinissable. Avec la logique des êtres simples, elle ne comprenait pas qu'il se fût si fort élevé contre son projet à elle, pour en arriver à une solution de ce genre. Comment! lui, si sévère à certains égards, si sérieux en toutes choses, il se prêterait à une comédie! car elle devinait qu'il se proposait de combiner un simulacre de combat. Et cette farce, il la dévoilait à l'avance? Il en partagerait le secret avec les quatre témoins parmi lesquels se trouvait un garçon de l'acabit de Cadet Rousseau, dont le défaut dominant était de se moquer de ses camarades?...

Ce n'est pas qu'elle répugnât à cette solution. Toutes lui étaient bonnes, pourvu qu'elle n'eût pas la mort d'un homme à se reprocher. Mais qu'Adrien imaginât un tel expédient, recourût à un tel stratagème!... Elle ne l'admettait pas. Donc il la berçait d'espérances vaines, il la trompait encore, s'efforçant de lui inspirer confiance, afin de l'empêcher d'agir.

Si, en effet, le jeune docteur avait cette arrière-pensée, il avait manqué son but. Alice se sentait plus décidée que jamais à recourir à la suprême ressource que lui avait suggérée la « divine Euphémie » à cela près, qu'elle brûlait de se retrouver seule, pour chercher un moyen d'éviter qu'on crût à un accord entre elle et Octave. Elle avait l'espoir de le trouver aisément ce moyen. Pour le moment, il fallait qu'Adrien n'eût pas de raison d'exécuter la menace qu'il lui avait faite de prévenir les adversaires et de les décider à se battre hors de France. Prête à tout, pour toucher au but, elle surmonta sa répugnance et se décida à recourir à l'habileté. Que fallait-il ? Qu'Adrien pensât l'avoir intimidée et convaincue. Elle se résolut à simuler la confiance, et comme le jeune homme lui tendant les mains, lui disait :

— Est-ce convenu ?

Elle répondit :

— Soit !

— Eh bien ! reprit celui-ci, voici l'heure qui approche. Je vais au café Anglais. Dans tous les cas, je viendrai vous instruire de la situation avant quatre heures du matin.

— Bien, répondit Alice.

Adrien fit quelques pas, puis, se retournant :

— Vous me promettez, dit-il, que vous attendrez mon retour ?

— Oui, fit-elle, je vous le promets. Je reste là, je vous attends.

La satisfaction d'être parvenu à ses fins, entraîna le jeune homme à lui sourire comme autrefois, quand il partait le soir du cabinet de lecture.

Elle prit un flambeau et l'éclaira jusqu'à l'antichambre. Quand il eut fermé la porte, elle resta un moment immobile, puis le suivant, en imagination, elle lui envoya un baiser passionné.

Pendant ce temps, Euphémie revenait dans le boudoir. Elle avait écouté la conversation des deux jeunes gens, et résumant son impression au retour d'Alice :

— Ah ! ma fille ! lui dit-elle, tu peux te vanter d'avoir là, pour ami, un gaillard bien aimable !

— Tu l'as entendu ?

— Du cœur et des oreilles !

— Quelle est ton opinion ?

— Il s'est moqué de toi.

— Il ne tentera rien pour empêcher ce duel, n'est-ce pas ? fit Alice désireuse d'être confirmée dans son appréciation.

— Sous quel prétexte ? répondit la comtesse. Et, en forgeât-il un, que pourrait-il entreprendre, quand tout est décidé ? Non ! Il sait bien qu'il n'y a rien à faire devant un soufflet donné ! Ah ! s'il n'y avait pas le soufflet !... peut-être ! car, après tout, *c'est* des polichinelles, ces viveurs-là ; ne nous y trompons pas ! Mais il y a soufflet, et soufflet... public ! Octave ne peut pas le reprendre. Ton docteur lui-même le vilipenderait s'il ne s'exécutait pas. Il t'a jouée. Et si les gracieusetés qu'il t'a dites, jointes aux aménités dont Octave t'a régalée tantôt, ne t'ont pas découragée de tendre la perche à celui-ci ; en un mot, si tu n'as pas encore la mesure de ces honorables personnages, écris au Préfet de police ; il n'est que temps.

La jeune fille garda le silence à dessein. Elle avait réfléchi et s'était avisée qu'au total Euphémie n'agissait, en tout ceci, que par occasion. Ni amitié, ni intérêt ne la guidaient. Or, puisque dans un moment elle allait rejoindre Octave et ses amis, qui assurait que, par envie de parler, de faire l'importante, elle ne trahirait pas, dans une proportion quelconque, le secret d'Alice ? Au risque de pousser la prudence à l'excès, elle prit le parti de lui donner le change sur ses dispositions définitives.

— Non, répondit-elle, je ne puis croire qu'Adrien ait l'arrière-pensée que tu lui prêtes. Il m'a fait promettre d'attendre son retour ; j'attendrai.

La comtesse l'examina ; puis, grâce à une philosophie, qu'en dehors des infidélités possibles d'Anatole, elle apportait dans la généralité de ses actes et de ses sentiments, elle renonça à produire les arguments qui lui venaient en foule.

— Après tout, fit-elle, tu sais, ma fille, moi je m'en moque. Qu'est-ce que ça me fait, bon Dieu !... Qu'ils se battent, qu'ils ne se battent pas, c'est comme si tu me chantais « *Fleuve du Tage.* » En ce cas-ci comme en ce cas-là, il n'en sera ni plus ni moins, le lendemain ; les jolies filles seront toujours dupes de ces gracieux gentlemen, et je veux être pendue si la Renommée s'en occupe plus de vingt-quatre heures. Crois donc ce que tu voudras, mignonne, et décide tout ce qu'il te fera plaisir ; je n'en maigrirai pas d'une once.

Et comme Alice gardait le silence :

— As-tu toujours besoin de moi ? ajouta l'ancienne plus jolie femme de Paris.

La jeune fille se consulta ; puis, sortant de sa rêverie :

— Non, dit-elle, je te remercie.

— En ce cas, adieu !

— Adieu ! fit Alice.

La comtesse reprit son manteau et se coiffa.

Alice voyant qu'elle lui tendait la main, la lui prit, et par un mouvement spontané l'attira contre elle, pour l'embrasser.

La comtesse sourit de cet élan, et la retenant par les épaules :

— Pauvre gamin ! fit-elle, avec une bienveillance nuancée de pitié, quasi-maternelle, que diable es-tu venue te fourvoyer dans cette galère ? Tu es faite pour « la noce » comme moi pour chanter les vêpres ! Et tu n'es pas au bout de tes déboires. Quel dommage ! quelle bonne petite femme honnête tu aurais pu être, toi ! Comme on voit que ta vocation était la popotte », avec des marmots à bichonner !...

Les larmes perlèrent aux yeux d'Alice, et roulèrent lentement sur ses joues.

— C'est que tu pleures pour de vrai! ajouta la vieille courtisane, émue malgré elle. C'est que tu as de la peine! Et pour qui !... Bon Dieu ! pour qui ?...

Elle la serra sur sa poitrine, et l'embrassa dans les cheveux.

— Va-t'en ! lui dit-elle tout bas; sauve-toi de ce carnaval infect et écœurant ; va t'enfouir dans un petit coin ignoré; tu es si jeune ! On t'oubliera, tu oublieras...

— Jamais ! fit Alice.

— Qui sait ? répondit l'autre. En dehors du monde *chic*, il y a des hommes si bons! Seulement, ajouta-t-elle pour se soustraire à l'attendrissement qui l'avait gagnée, ne fais pas comme moi : ne te marie jamais !...

Comme elle s'éloignait, Alice la retint, et détachant une bague de ses doigts, elle la glissa à l'un de ceux d'Euphémie.

— Qu'est-ce que tu fais donc ? dit celle-ci.

— Garde cette bague en souvenir, lui répondit la jeune fille. Je t'en prie.

Elles se séparèrent.

Cependant la comtesse n'était pas dupe de l'apparente quiétude de la jeune fille. Elle avait changé si brusquement de visée. Et puis, pourquoi cet élan attendri; pourquoi cette bague en souvenir?

Euphémie restait persuadée qu'Alice avait une arrière-pensée.

C'était la vérité. Elle avait mieux qu'une arrière-pensée, elle avait pris un parti violent.

Une seule chose, de ce que lui avait dit Adrien, l'avait frappée; mais au plus profond d'elle-même : le risque d'exposer Octave au soupçon avilissant de connivence avec elle, au cas où elle eût informé la police de la rencontre projetée. Cette considération s'était d'abord dressée devant elle, comme une impossibilité insurmontable. Mais alors, quoi ? Qu'y avail-il à faire ? Rien. Force était de laisser aller les choses, et, selon sa conviction, laisser aller les choses équivalait à permettre que la vie d'Octave fût sacrifiée, purement et simplement, aux intérêts coupables d'un aventurier aux abois. Cela, elle ne l'admettait pas un instant.

Elle en venait à regretter que le jeune docteur lui eût dévoilé l'inconvénient de la dénonciation qu'elle avait résolue. Tout s'arrangeait si bien, sans cela ! La police, instruite, s'attachait aux pas d'Octave. D'autre part, ce qu'elle se croyait autorisée à dénoncer du caractère et de la situation de Steïnburg, motivait une enquête, ensuite de laquelle il était vraisemblable de supposer que, par mesure de sûreté, le Bavarois serait expulsé de France. Dès lors, plus de nécessité pour lui, de réclamer une réparation, devenue inutile, pour la réussite de projets, ruinés à tout jamais.

Et voilà que, crainte d'entacher le caractère d'Octave, elle était contrainte de renoncer à cet expédient. Eh bien ! non ! elle n'avait pas abandonné la partie ; elle avait seulement modifié les termes du problème à résoudre. Il ne s'agissait pas seulement de soustraire le jeune homme au danger qui le menaçait, il fallait l'y soustraire et le mettre à l'abri d'une suspicion déshonorante; il fallait toujours dénoncer le duel ; mais il fallait surtout qu'une manifestation quelconque, prouvât à première vue, qu'il n'y était pour rien.

Et c'est parce que, séance tenante, elle avait torturé son esprit pour découvrir un moyen qui satisfît à tout, qu'elle avait à peine entendu la seconde partie de ce que lui avait dit son ami d'enfance.

Ce ne fut qu'au moment de son départ qu'une pensée lui traversa le cerveau. Elle avait trouvé; mais sur le premier moment, cette découverte la terrifia. Les plus intimes instincts se révoltèrent malgré elle, et un frisson la parcourut sous l'empire d'un flot de sang, qui lui étreignait le cœur.

Toutefois, l'obligation d'agir vite lui fit dominer cette impression, tout d'abord, aveuglante, et, en envoyant un baiser au jeune docteur, sa détermination était irrévocable. Dans sa pensée, elle lui disait adieu !

Ce qu'elle avait trouvé, c'était en finir avec l'existence, après avoir sauvé la vie d'Octave ; mourir; se tuer.

De cette façon, personne ne supposerait qu'Octave fût d'accord avec elle. C'est tout ce qu'il fallait. Du reste, elle se promettait d'expliquer ses raisons par un mot.

Mourir ! Si, à l'instant où cette pensée lui était venue, tout son être avait subi une réaction générale, la réflexion avait aisément eu raison de son trouble. Tout s'était groupé, depuis deux jours, pour lui inspirer le dégoût de la vie qu'elle menait et de sa condition ici-bas. Quel attrait pouvait la retenir? Quel espoir pouvait-elle caresser? Qui ou quoi était de nature à légitimer un regret?

De quelque côté qu'elle se tournât, rien de consolant ; rien qui valût la peine d'être tenu en considération.

Méprisée du monde entier, jouet pour les uns, cause de chagrin et d'humiliation pour d'autres, qui lui étaient chers, que pouvait-elle attendre de l'avenir ? Un mari à la façon d'Anatole d'Iosk, avec des animaux grouillant autour d'elle; le châtiment de la stérilité, avec la consolation répugnante du rôle de bienfaiteur envers ce que Euphémie ppelait « un vieil Arthur » aux deux t ers lépreux; ou encore le châtiment plus épouvantable, de la maternité dans les conditions de celle de Léonie Boutelier : l'appréhension d'avoir un jour des turpitudes à confesser à un fils désolé et honteux !

Qui sait d'ailleurs si le malaise de sa position ne la désorienterait pas au point d'en arriver à pis encore! Durant ces quarante-huit heures, n'avait-elle pas accueilli l'intention de se jeter à corps perdu dans la mêlée fangeuse, d'étouffer tout remords gênant et de s'affranchir de toute retenue? Qui assurait qu'un jour la folie du désespoir, devant certains outrages, ne la pousserait pas à l'exécution. Et alors, jusqu'où descendrait-elle? comment finirait-elle? Les paroles d'Euphémie se cadençaient dans sa mémoire sur un rhythme gouailleur: « ... Gare à la police! gare à l'hôpital! gare à la vieillesse! »

Autant valait en terminer, avant que la coupe de l'ignominie fût pleine, puisque aussi bien, sa mort pouvait servir à éviter un malheur.

En revenant à Euphémie, elle était décidée.

Mais après le départ de celle-ci, une question se dressa devant elle : « Comment mourir, et est-il difficile de se tuer?

— « Nous verrons bien ! » se répondit-elle bravemeni. Il faut d'abord tout préparer.

Elle sonna.

— Où est le cocher? demanda-t-elle à Fulgence, qui vint à son appel.

— Sur son siége, répondit la femme de chambre. Madame se rappellera qu'elle a demandé le coupé pour dix heures du soir. Voilà bientôt deux heures qu'Eugène attend les ordres.

— Bien! reprit la jeune fille; je l'avais oublié. Priez-le de prendre dans sa chambre du linge et des habits à son usage pour quelques jours; qu'il mette aussi dans le coffre le licou et les objets de pansage. Pour vous, Fulgence, faites un petit paquet de ce qui vous est indispensable pour le même temps. Puis, cela fait, venez me prévenir.

Fulgence ouvrit de grands yeux. Quoi! on allait se mettre en voyage à minuit? Puis elle pensa que « ces femmes » sont fantasques et ne font rien comme tout le monde. La place était lucrative, après tout. Un petit voyage ne peut guère être qu'un divertissement. Va comme il est dit; on dormira en route.

Restée seule, Alice ouvrit un petit bureau et se mit à écrire.

Ce fut d'abord une lettre courte, qu'elle mit sous enveloppe, et dont l'adresse portait : « A monsieur le maire, premier arrondissement. Paris. »

Elle annonçait sa volonté de se tuer, déclarait abandonner tout ce qu'elle possédait au bureau de bienfaisance, à condition que son nom ne serait prononcé que pour le besoin des formalités légales, et elle priait le magistrat d'être son exécuteur testamentaire.

En terminant, elle exprimait un vœu. N'ayant rien à léguer qui ne rappelât son inconduite, elle souhaitait que quelqu'un coupât sa chevelure et la tînt en réserve pour le cas où, sa mère cédant à la pitié, consentirait à garder quelque chose d'elle.

Cette lettre close, se considérant comme séparée de son luxe équivoque, affranchie du harnais de la vie galante, elle rédigea la dénonciation au préfet de police. Elle y mit quelque temps, car elle voulait ne rien oublier. Elle ne parlait pas de son dessein de mourir, et, pour éviter qu'on ne vînt trop tôt chez elle, elle disait partir sur l'heure dans sa voiture.

Enfin, prenant une nouvelle feuille de papier, elle écrivit posément :

Minuit et demi.

« J'ai trouvé le moyen d'éviter qu'on ne » soupçonne personne de complicité avec » moi, pour la dénonciation que j'ai réso» lue : je me tue. En souvenir des pre» miers temps de ma jeunesse, souffrez, je » vous supplie, que je sollicite une der» nière grâce : dites à ma mère que je lui » demande pardon à genoux. »

Arrivée-là, décidée à n'en pas dire plus, crainte d'en dire trop, elle hésita longtemps. Fallait-il signer, sans plus? Pouvait-elle se permettre de lui dire un mot affectueux et reconnaissant? Elle n'osait : Il lui avait dit si cruellement, qu'en s'occupant de la veuve Maroteau, il n'en faisait rien que pour lui-même! Pourtant, depuis, dans cette dernière entrevue, il lui avait parlé avec une sorte de douceur au dernier moment. Il lui avait souri. Il lui avait tendu la main!

Mais cela n'était-il pas le résultat d'une sorte de politique? En s'adoucissant, n'avait-il pas, pour but unique, de la rassurer, de la persuader, de la contraindre à renoncer à son projet, tout au moins, jusqu'à son retour? Les probabilités étaient favorables à la croyance, qu'en agissant ainsi il jouait un rôle, promettant d'agir et de revenir, avec la ferme intention de gagner assez de temps pour que, prise de court, elle fût réduite à l'impuissance.

N'importe! Elle céda au besoin de mettre quelque chose dans cet adieu suprême, qui, fût-ce pour elle seule, témoignât des sentiments qu'elle avait pour lui, et d'un trait de plume, précipité — comme si elle eût craint de ne plus oser à l'instant suivant — elle écrivit :

« Je vous embrasse,

» ALICE. »

Le tout plié, cacheté, elle sonna de nouveau. Les deux domestiques entrèrent sur l'ordre qu'elle donna d'amener Eugène.

— Mon ami, dit-elle, à celui-ci, vous allez conduire Fulgence à la préfecture de police, après quoi, Fulgence remontée dans le coupé, vous gagnerez Saint-Germain. Là, vous vous installerez tous deux et attendrez de mes nouvelles.

— Longtemps? demanda Eugène, en la regardant fixément.

Alice baissa les yeux comme si elle eût peur qu'il ne devinât sa pensée.

Mais, se souvenant qu'elle ne lui avait pas remis d'argent, elle se rassura. Il ne devait y avoir de la part du cocher qu'une préoccupation de défiance! Les femmes de ce monde sont parfois en de telles difficultés de toutes sortes, qu'elles font des victimes à tous les étages.

Alice prit un rouleau de cinquante louis, qu'elle leur partagea.

— Tout au moins jusqu'à demain soir, dit-elle.

Et comme Eugène faisait mine de se retirer.

— Ce n'est pas tout, ajouta-t-elle.

Et elle remit à Fulgence les deux autres lettres :

— Avant tout, reprit-elle, vous jetterez ces deux lettres à la poste. Cela est important.

Fulgence fit observer qu'elles n'étaient pas affranchies, et que, faute de trouver ouvert un bureau de poste, on pourrait, sans trop de dérangement, les porter à domicile.

— Non! dit vivement Alice. Bornez-vous à faire ce dont je vous prie. J'ai des raisons d'y tenir.

— Mais, reprit Fulgence, madame va donc rester seule?

— Je n'ai besoin de rien.

— On pourrait faire descendre la cuisinière...

— Non, non! fit la jeune fille avec une sorte d'appréhension. Au surplus, je ne reste pas ici; on va venir me prendre.

La femme de chambre n'insista plus. Alice se fit répéter les ordres qu'elle venait de lui donner,et elle les congédia tous deux.

Les entendant tourner et retourner, en causant, à mi-voix, dans l'antichambre, une sorte d'inquiétude la poussa à tendre l'oreille.

Fulgence disait :

— Moi, je ne sais pas pourquoi; mais, tout ça ne me paraît pas naturel. Il y a du malheur dans l'air. Qu'est-ce que vous en dites, Eugène?

— C'est ce duel qui la retourne, répondit celui-ci. L'innocente!

— Ça, c'est vrai! qu'est-ce que ça peut lui faire? Le petit Octave ne lui est de rien, après tout!

Le cocher bâilla.

— Elle n'est pas d'encolure à « mener la vie » cette petite, dit-il encore. J'ai vu ça tout de suite. C'est un bon « petit chat,» pas méchante, et je me plairais bien à rester avec elle, quoique là, vraiment, on ne va pas assez se coucher dans cette maison-ci.

— Qui sait si nous y serons longtemps! ajouta Fulgence.

— Au fait, reprit Eugène sur un autre ton, voyons donc à qui qu'elle écrit par la poste...

Alice n'en entendit pas davantage. Ils avaient tiré sur eux la porte de l'escalier de service. Elle courut à la fenêtre, et, écartant le rideau, elle les vit qui causaient encore, semblant se consulter. Enfin, Fulgence monta dans la voiture, et le portier ayant ouvert, ils disparurent.

La jeune fille, après un moment d'examen, n'attacha pas d'autre importance à la curiosité de ses domestiques. Qu'importait qu'ils sussent à qui elle écrivait. Elle revint à son boudoir et se laissa tomber dans un fauteuil, éprouvant le besoin de se résumer et d'envisager nettement la question, dont elle avait ajourné la solution : « Comment mourir? »

Durant toute la soirée, il avait fait un de ces temps de printemps pluvieux et gris, qui font désespérer de voir l'hiver finir. A cet instant, le ciel s'était nettoyé, les étoiles brillaient. La lune éclairant crûment un côté des maisons, laissait l'autre dans une obscurité d'autant plus noire, et le vent soufflait violemment de façon continue. Un pesant silence régnait. La jeune fille restait immobile, le regard fixe. Parfois le craquement d'un meuble, exposé à un courant d'air persistant, la faisait tressaillir. Le bruit d'une porte qui battait quelque part dans la maison l'agaçait vaguement, et, ce qu'elle entendait de plus distinct, c'était le hennissement de ses deux chevaux restés à l'écurie.

Tout à coup, elle se leva, et allant à une armoire, elle tira de dessous des piles de robes et d'ajustement luxueux, une boîte de bois blanc léger, soigneusement fermée par une ficelle croisée, dont les bouts libres avaient été cachetés, avec de la cire empreinte de son chiffre.

Elle essaya de rompre la ficelle. N'y parvenant, elle entreprit de la dénouer. Elle s'y cassa les ongles. Elle espéra la couper à l'aide de ces petits ciseaux élégants et fragiles, dont les femmes se servent pour broder. Mais ses efforts lui démontrèrent qu'elle ne parviendrait qu'à briser ses ciseaux et non à couper la ficelle.

Elle s'en fut à la salle à manger et voulut ouvrir un tiroir, afin d'y prendre un couteau de table. Le tiroir était fermé à clef, selon l'usage de la cuisinière qui, responsable de l'argenterie, ne laissait rien ouvert, une fois son service fini.

En désespoir de cause, Alice se rendit à la cuisine, pensant trouver de quoi rompre le lien, qui l'empêchait d'ouvrir cette boîte cachetée.

En effet, sur une sorte d'étagère, elle aperçut une série de couperets symétriquement rangés, parmi lesquels un joli petit couteau, dont la lame était revêtue d'une gaîne.

Elle le prit, et l'ayant tiré de l'étui, elle le contempla longuement. C'était un de ces instruments qu'il faut manier avec prudence et habileté, tant le fil en est fin et la pointe acérée. L'épaisseur de l'acier, à l'opposé du tranchant, rappelle les disposition du rasoir, et permet de faire pénétrer l'instrument sans qu'il y ait flexion. Une arme terrible, en somme.

Toute à l'idée qui la possédait, la pauvre fille eut un éblouissement; mais elle le surmonta bientôt, et son visage se contractant d'un sourire nerveux, elle se dit à elle-même, tout haut :

— On dit que les courtisanes n'ont pas de cœur; nous allons voir !

Alors, elle revint au boudoir, et usant du couteau, elle coupa la ficelle qui fermait la boîte. Elle fut effrayée de la facilité de l'opération. Il lui sembla qu'il avait à peine fallu frôler le chanvre, et, de nouveau, elle contempla cet objet sinistre qu'elle se voyait déjà planté dans la poitrine. Ses artères battaient précipitamment, ses lèvres étaient blanches, sa respiration haletante et saccadée, son front se perlait d'une sueur froide, roulant lentement le long de ses tempes, et un effroyable vertige lui tenait les yeux démesurément ouverts. C'était, en elle, un atroce combat. L'instinct de la vie luttait en désespéré contre la volonté qui semblait plier parfois, et des sanglots comprimés l'étranglaient. A la fin, ses beaux yeux se noyèrent de larmes.

Une horloge du voisinage sonna dans la nuit. Ce lui fut une commotion qui, la rappelant à la dureté de ce présent lugubre, lui rendit son énergie fiévreuse.

Vivement, comme si elle eût redouté d'être surprise, elle enleva le couvercle de la boîte, et, rejetant des papiers disposés de façon à préserver le contenu, elle en tira une modeste robe, fanée, taillée en forme de peignoir.

C'est de ce vêtement qu'elle était couverte le soir où elle s'était sauvée du monotone asile maternel. Décidée à ne plus penser, pour se soustraire à de nouvelles luttes intérieures, elle ôta lestement la robe dont elle était habillée, et revêtit le peignoir fané. Puis, elle se regarda, à la glace, et se retrouvant telle qu'elle était autrefois.

— Allons ! se dit-elle, c'est bien fini. Il n'y a plus d'Alice-la-Mioche : c'est un mauvais rêve que j'ai fait, finissons-en!

Alors, et sans trembler, elle saisit le couteau; elle l'approcha de son cœur, se demandant s'il fallait l'enfoncer d'un mouvement décisif et brusque. Et puis, où était exactement placé son cœur ?

De la main restée libre, elle chercha et appuya la pointe du couteau. L'impression lui fit froid jusque dans les os. Craignant de heurter une côte et de se manquer, elle avait reconnu la nécessité de procéder lentement. Mais cette première impression retenait son bras; elle restait là, immobile, sans appuyer, inerte.

Elle se disait :

— Appuie donc! courage! Ce n'est qu'un mouvement à faire, qu'une impulsion à donner. Ce n'est qu'un moment! Appuie... appuie!...

Mais non! Elle restait comme paralysée.

— Lâche!... se dit-elle, avec accablement.

Puis se répondant à elle-même :

— Eh bien ! oui; c'est vrai! je suis lâche ! je ne peux pas !...

Et son bras était retombé.

Pourtant, elle ne reculait pas devant l'idée de mourir; mais ce moyen exigeait trop de calme, une volonté trop soutenue; c'était trop long. Elle sentait le besoin d'une action unique qui, une fois commencée, ne pourrait plus s'arrêter; quelque chose comme un élan qui l'eût précipitée ensuite malgré elle. Elle pensa à se jeter par la fenêtre; mais d'un premier étage, c'était d'une réussite incertaine.

Tout à coup son front s'éclaircit. Elle avait trouvé !

Avec une sorte de frénésie, elle prit un bougeoir et s'élança dans son cabinet de toilette. Sur une magnifique table de marbre blanc, elle saisit deux grands flacons de cristal, pleins d'eau de Cologne et d'essences parfumées; puis, revenant à son boudoir, elle les répandit sur sa robe.

Puis, sans plus réfléchir, elle posa le bougeoir à terre, et, d'un brusque mouvement, elle mit l'étoffe en contact avec la flamme qui, se teintant de reflets bleuâtres, commença à gagner l'ourlet de la jupe...

Elle ferma les yeux en poussant un cri étouffé, où la terreur instinctive et la satisfaction de n'avoir pas faibli, se mélangeaient.

Mais un cri répondit au sien.

Avant qu'elle eût le temps de se reconnaître, elle se sentit prise par un bras vigoureux, qui la renversait, la roulant sur le sol, arrachant ses vêtements, la mettant en lambeaux. Surexcitée jusqu'aux dernières limites, elle n'avait pas conscience de ce qui se passait. L'heure, le lieu, le fait, tout était trouble. A peine avait-elle le sentiment de son être. Tout ce qui lui restait de vitalité se concentrait sur un mot, qui lui emplissait la cervelle, bourdonnant à son oreille, comme l'écho du cri qu'elle avait poussé, en pensant que tout était fini. Ce mot était étrange, plein de commisération railleuse, presque narquois, et elle le répétait mentalement, comme pour en pénétrer la signification :

— « Imbécile !...»

C'est en effet ce mot qu'Adrien avait prononcé d'un ton furieux, comme une imprécation, en la voyant se sacrifier.

Eugène n'était pas seulement un cocher doué de « chic »; c'était encore un garçon avisé. L'ordre qu'il avait reçu d'Alice, cette lettre à porter à la préfecture, ces deux autres qu'il fallait jeter à la poste pour qu'elles n'arrivassent à destination que le lendemain dans la journée, — et à qui? — l'une au maire de l'arrondissement, l'autre à ce jeune docteur qui avait le singulier privilége de brusquer la jeune femme; tout cela lui avait paru louche.

Et puis, pourquoi lui avoir remis cinq cents francs, rien que pour passer un jour à l'auberge? Il savait d'ailleurs toute l'histoire de ce duel. Fulgence n'était pas sans avoir un peu écouté aux portes. Déjà en demandant s'il faudrait l'attendre longtemps à Saint-Germain, il avait un soupçon. Ce que lui en dit la femme de chambre le lui confirma.

Il n'était pas de caractère hésitant ; et, persuadé qu'il ne risquait pas grand'chose à se tromper, il commença à tout hasard par laisser entr'ouverte la porte de l'escalier de service.

Puis, dans la cour, il consulta Fulgence sur l'idée qu'il avait.

— Il y a du malheur dans l'air, lui répéta-t-il, j'ai envie de passer au café Anglais, et tout bonnement de remettre la lettre qui est destinée à ce docteur Revel. Je verrai bien la mine qu'il fera en la lisant, et là-dessus nous aviserons. Hein?

Fulgence en fut d'avis.

Malheureusement il ne put voir Adrien. Depuis quelques minutes, celui-ci était en grande conférence, dans un cabinet avec Cadet Rousseau.

C'est que cette affaire, en apparence si simple, puisqu'il n'y avait plus qu'à s'entendre sur le lieu du combat, s'était tout à coup compliquée de considérations de tous ordres. Le temps, les pourparlers, les allées et venues, et surtout les réflexions solitaires, avaient singulièrement tempéré la fougue des intéressés.

Les témoins d'Octave, flattés d'abord de se trouver mêlés à une affaire qui devait faire du bruit, avaient pensé à leur responsabilité légale dans un duel dont, généralement, on prévoyait l'issue sinistre.

Ceux de Steïnburg, gaillards de son numéro, dont la situation n'était pas d'une limpidité absolue, redoutaient vaguement des désagréments avec la justice. Ce n'était point des gens qui aimassent qu'on mît le nez dans leurs affaires. Ils avaient peut-être la vue tendre; en tous cas, le grand jour leur était déplaisant.

En somme, l'attitude bravache des uns et des autres avait eu pour but d'intimider les adversaires, et des deux côtés on avait manqué le but. Dès lors, n'y avait-il pas lieu de se montrer un peu plus conciliant; d'accueillir certaines raisons d'humanité, de se souvenir un peu que la philosophie a formulé sur le duel de très remarquables principes? En se retrouvant, pour la dernière conférence, ces quatre estimables gentlemen, sentirent que, d'antagonistes courtois, ils n'étaient pas loin de devenir compères.

Adrien, ayant trouvé Cadet-Rousseau tout seul, à son arrivée, lui avait insinué l'idée de son professeur à l'égard de la fameuse paire de pistolets de Devisme, et l'autre ne s'était pas autrement scandalisé, avouant, en principe, qu'il avait de tout cela par-dessus les oreilles.

Quant à Octave, les balles qu'il avait tirées, chez Rennette, ne l'avaient point du tout mis en confiance. Il avait eu beau s'appliquer, il n'avait pu parvenir à faire un carton présentable. Que serait-ce donc quand l'émotion le galoperait? Toutefois, impossible de reculer maintenant, et il se voyait sinon mort, du moins éclopé. Ah! diable! il n'était plus si fier, le brillant jeune homme, et qui lui eût proposé un moyen honorable (ou à peu près!) d'en sortir l'eût vraiment obligé. Il en était réduit à ce point que, pour se remonter, il caressait le digne projet de se donner « une forte pointe » à souper!

Restait Steïnburg, qui se voyait à deux doigts du but qu'il s'était proposé. Il l'avait enfin, ce coup d'éclat, grâce auquel il s'imposerait aux timides; qu'il visât juste et c'en était fait; il était posé, il perçait la digue qu'on avait opposée à ses ambitions.

Eh bien! Steïnburg n'était pas plus fier qu'Octave. C'est que les témoins de celui-ci avaient bien résolûment accepté les conditions excessives de la rencontre. Etait-ce donc que leur client fût un tireur sûr de lui? Et puis, pour avoir tué un homme, s'il le tuait, forcerait-il la place? Et puis... Et puis un mot de l'ambassade bavaroise l'avait *invité* à comparaître dans le plus bref délai, pour une communication urgente, et les termes de l'invitation avaient je ne sais quelle tournure impérative, qui sonnait désagréablement à son esprit.

Tant et si bien qu'après une grande heure de discussion, les témoins avaient permis que Cadet Rousseau allât conférer un moment avec le jeune docteur, qui se tenait dans un cabinet voisin du leur.

C'est à ce moment qu'Eugène demanda à voir ce dernier. C'était impossible. Le cocher refléchit un moment, et, demandant un crayon, il écrivit ce qui suit dans une langue et avec une orthographe à lui :

» Monsieur le docteur,

» Madame m'envoie, avec sa femme de » chambre, à Saint-Germain. Elle m'a » donné une lettre pour vous. Je ne l'ai » pas lue; mais il y a à parier que madame va » faire un coup de tête. Voilà la lettre avec » ce mot dont je me permets de vous prier » d'en prendre connaissance, à seule fin » d'empêcher une catastrophe (le mot ca- » tastrophe lui avait donné du mal; tou- » tefois, on le devinait, sous les surchar- » ges). Pour lors, ne pouvant vous parler, » je vous préviens que si c'était que vous » vouliez entrer chez madame, j'ai pas » fermé la porte de l'escalier de service.

» Je vous *salut*.

» UGÈNE TURPINOIS,

» *Cocher de madame Alice-la-Mioche.* »

Comme il se retirait, Eugène aperçut le comte d'Iosk qui, affairé, se faisait ouvrir d'autorité le cabinet du docteur. Il avait l'air grave et tenait une feuille volante à la main.

Le cocher fut tenté de le prier de remettre la lettre d'Alice à Adrien, mais le comte avait une tenue si majestueusement sévère, en cet instant, qu'il n'osa l'aborder.

— « Au petit bonheur! » se dit-il.

Le comte avait de bonnes raisons d'être solennel; il tenait en main un projet de procès-verbal qui dénouait la situation, et il venait le soumettre à Cadet Rousseau, ainsi qu'au docteur, dont l'avis n'était point dédaigné par les autres chargés d'affaires.

Le docteur lut ce projet à voix basse. Une imperceptible sourire plissait le coin de ses yeux, et il pensait à ce que le professeur lui avait dit quelques heures auparavant.

Dans ce procès-verbal, il était établi qu'après mûr examen, il y avait eu confusion au début des pourparlers, attendu que jamais, au grand jamais! il n'avait été donné de soufflet (auquel cas le sang seul eut pu laver l'injure), mais une simple voie de fait; produit d'un mouvement de vivacité, ce qui peut parfaitement arriver à tout le monde. Or, comme chacun sait, la voie de fait, par son caractère même, n'est point du tout pour entacher l'honneur de qui que ce soit ; donc...

Donc, il n'y avait pour Octave qu'à regretter son emportement. Mais, celui-ci, à bien considérer la chose, entre gens comme il faut, en devait être dispensé, pour deux raisons : la première est qu'il était ivre, — ce qu'il reconnaissait de tout son cœur et avec une noble fierté! — La seconde raison, qui le dispensait de consentir l'aveu d'un regret, c'est que son adversaire l'avait menacé de lui tirer les oreilles. Son tort à lui, Octave, était d'avoir pris cela pour argent comptant, par le fait de son ébriété : car il était hors de doute qu'il n'y avait là, de la part de Steïnburg — un étranger! remarquez; un étranger de distinction — qu'une manière de parler. Du reste, pour peu qu'on y tînt, les témoins du Bavarois ne faisaient pas difficulté de reconnaître que leur ami n'était pas moins ivre que l'autre.

Donc, encore une fois, l'honneur était intact.

— Qu'en pensez-vous? docteur, demanda Anatole.

— Parfaitement! fit celui-ci en prenant son chapeau. Il y a plus, je déclare que ces deux messieurs sont absolument faits pour s'entendre.

Et il les planta là.

C'est alors qu'Ernest lui remit le mot d'Eugène et la lettre d'Alice.

On sait ce qui s'ensuivit.

Quand la malheureuse fille sortit de l'ahurissement où l'avait plongée l'intervention d'Adrien, elle se retrouva étendue sur la chaise longue du boudoir, enfouie sous des couvertures. Un grand silence règnait autour d'elle, des lambeaux d'étoffe brûlée gisaient de tous côtés.

Devant la cheminée, plongé dans un fauteuil, et lui tournant le dos, Adrien veillait. L'une des mains du jeune homme était entourée d'un mouchoir. Il s'était brûlé.

Elle n'osait lui parler, et le remercier encore moins. Cependant, à mesure, ce silence lui devint pénible. Que pensait-il de son action ? Quelle était sa disposition d'esprit à son égard ?

N'y tenant plus, elle s'accouda.

— Adrien, fit-elle, pourquoi restez-vous ici ?

Sans tourner la tête vers elle, il répondit :

— Pour vous empêcher de recommencer.

— Jamais ! fit-elle vivement. Je vous le jure !

Elle le vit faire un léger mouvement d'épaules. Elle fut intimidée de nouveau et se tut, quoiqu'elle eût voulu lui demander s'il était brûlé profondément.

Puis, se risquant encore, après un long moment, elle lui fit sa question.

— Ce n'est rien, répondit-il.

— Si vous vouliez être bon, reprit-elle, avec un violent battement de cœur, vous m'emmèneriez d'ici demain matin.

Comme il ne répondait pas, elle s'enhardit :

— Vous vous chargeriez de me trouver un refuge.

— Où donc ! fit le jeune homme avec une nuance de raillerie.

— Dans un de vos hôpitaux ; n'y a-t-il pas des femmes qui soignent les malades.

— Dans les hôpitaux de roman, répondit Adrien, sur le même ton. Ah ! je sais bien, ajouta-t-il, c'est gentil à lire et à dire, mais....

— Quoi ?...

Il hésita, n'ayant que des duretés aux lèvres ; puis, pensant couper court :

— Vous avez trop de chevaux dans vos écuries, dit-il.

— Je n'ai plus rien, fit simplement Alice.

— Comment ?

— J'ai tout rendu aux pauvres.

La jeune fille ne put voir le léger mouvement de surprise qu'elle venait de provoquer par sa réponse. Cependant Adrien parut désirer s'édifier complétement.

— Tout ? demanda-t-il en appuyant.

— Tout.

Il réfléchit un moment, puis tournant à demi son visage vers elle, il ajouta simplement :

— En ce cas, reposez-vous. Demain je vous conduirai...

Alice espérait qu'il en dirait plus long, et au risque de l'indisposer, elle murmura d'une voix émue :

— Où ?

— Parbleu ! fit-il, chez votre mère.

Plus un mot ne fut prononcé de part ni d'autre. Après un temps, le jeune homme entendit un frôlement d'étoffes sur la chaise longue. Elle avait dû quitter la position étendue. Il attendit. Puis, une sorte de curiosité bienveillante le poussant, il tourna lentement la tête.

Il la vit agenouillée, sanglottant silencieusement et priant.

Il la contempla en silence, songeant au sort que la société fait aux filles pauvres, et, cédant à une impression de pitié, il laissa deux larmes lui emplir les yeux, en se disant avec un demi-sourire attendri :

— Cette enfant !...

ÉDOUARD CADOL.

Asnières, août 1872.

FIN

Paris. — Imp. de DUBUISSON et Cie, 5, rue Coq-Héron.

www.ingramcontent.com/pod-product-compliance
Ingram Content Group UK Ltd.
Pitfield, Milton Keynes, MK11 3LW, UK
UKHW021643260726
13994UKWH00003B/1248